莎士比亚全集·中文本（典藏版）
William Shakespeare: Complete Works

［英］威廉·莎士比亚（William Shakespeare） 著
辜正坤 主编／辜正坤 译

# 威尼斯商人

# The Merchant of Venice

外语教学与研究出版社
北京

京权图字：01-2016-4999

THE MERCHANT OF VENICE
Copyright © The Royal Shakespeare Company, 2007
All rights reserved.
Published by arrangement with Random House, an imprint of the Random House Publishing Group, a division of Random House, Inc.

#### 图书在版编目（CIP）数据

威尼斯商人／（英）威廉·莎士比亚（William Shakespeare）著；辜正坤译. 北京：外语教学与研究出版社，2024.6.--（莎士比亚全集／辜正坤主编）. ISBN 978-7-5213-5326-6

I. I561.33

中国国家版本馆 CIP 数据核字第 2024YQ5477 号

### 威尼斯商人
WEINISI SHANGREN

| 出 版 人 | 王　芳 |
| --- | --- |
| 项目负责 | 邢印姝　郭芮萱 |
| 责任编辑 | 李旭洁 |
| 责任校对 | 李　鑫 |
| 封面设计 | 张　潇 |
| 出版发行 | 外语教学与研究出版社 |
| 社　　址 | 北京市西三环北路 19 号（100089） |
| 网　　址 | https://www.fltrp.com |
| 印　　刷 | 三河市北燕印装有限公司 |
| 开　　本 | 710×1000　1/16 |
| 印　　张 | 9.5 |
| 字　　数 | 152 千字 |
| 版　　次 | 2024 年 6 月第 1 版 |
| 印　　次 | 2024 年 6 月第 1 次印刷 |
| 书　　号 | ISBN 978-7-5213-5326-6 |
| 定　　价 | 68.00 元 |

如有图书采购需求，图书内容或印刷装订等问题，侵权、盗版书籍等线索，请拨打以下电话或关注官方服务号：
客服电话：400 898 7008
官方服务号：微信搜索并关注公众号"外研社官方服务号"
外研社购书网址：https://fltrp.tmall.com

物料号：353260001

# 出版说明

1623年，莎士比亚的演员同僚们倾注心血结集出版了历史上第一部《莎士比亚全集》——著名的第一对开本，这是三百多年来许多导演和演员最为钟爱的莎士比亚文本。2007年，由英国皇家莎士比亚剧团（Royal Shakespeare Company）推出的《莎士比亚全集》，则是对第一对开本首次全面的修订。

本套《莎士比亚全集》新汉译本，正是依据当今莎学界最负声望的皇家版《莎士比亚全集》翻译而成。译本的凡例说明如下：

一、**文体**：剧文有诗体和散体之分。未及最右行末即转行的为诗体。文字连排、直至最右行末转行的，则为散体。

二、**舞台提示**：

1）角色的上场与下场及其他舞台提示以仿宋体排出，穿插于剧文中的舞台提示以圆括号进行标注，如：（对亨利王子）。

2）舞台提示中的特殊符号。译本所依据的皇家版《莎士比亚全集》的编辑者对舞台提示中的不确定情形以特殊符号予以标注，译本亦保留了这些符号：如（旁白？）表示某行剧文既可作为旁白，亦可当作对话；又如某个舞台活动置于箭头↓↓之间，表示它可发生在一场戏中的多个不同时刻。

三、**脚注**：脚注中除标注有"译者附注"字样的，均译自或改编自皇家版《莎士比亚全集》注释。脚注多为对剧文中背景知识及专名的解释，以使读者更好地理解剧情；亦包含部分与英文原文相关的脚注，以使读者在品味译者的佳文时，亦体验到英文原文的精妙。

**四、文本**：译本以第一对开本为蓝本，部分剧目中四开本与之明显相异的段落亦有译出，附于正文之后，供读者参考。

此《莎士比亚全集》新汉译本历经策划、翻译、编辑加工和印装等工序，各个环节的参与者均竭尽全力，力求完美，但由于水平、精力所限，难免有所错漏，敬请广大读者赐教指正。

外语教学与研究出版社
综合出版事业部

# 莎士比亚诗体重译集序

辜正坤

他非一代骚人,实属万古千秋。

这是英国大作家本·琼森(Ben Jonson)在第一部《莎士比亚全集》(*Mr. William Shakespeares Comedies, Histories, & Tragedies*, 1623)扉页上题诗中的诗行。三百多年来,莎士比亚在全球逐步成为一个家喻户晓的名字,似乎与这句预言在在呼应。但这并非偶然言中,有许多因素可以解释莎士比亚这一巨大的文化现象产生的必然性。最关键的,至少有下面几点。

首先,其作品内容具有惊人的多样性。世界上很难有第二个作家像莎士比亚这样能够驾驭如此广阔的题材。他的作品内容几乎无所不包,称得上英国社会的百科全书。帝王将相、走卒凡夫、才子佳人、恶棍屠夫……一切社会阶层都展现于他的笔底。从海上到陆地,从宫廷到民间,从国际到国内,从灵界到凡尘……笔锋所指,无处不至。悲剧、喜剧、历史剧、传奇剧、叙事诗、抒情诗……都成为他显示天才的文学样式。从哲理的韵味到浪漫的爱情,从盘根错节的叙述到一唱三叹的诗思,波涛汹涌的情怀,妙夺天工的笔触,凡开卷展读者,无不为之拊掌称绝。即使只从莎士比亚使用过的海量英语词汇来看,也令人产生仰之弥高的感觉。德国语言学家马克斯·缪勒(Max Müller)原以为莎士比亚使用过的词汇最多为15,000个,事后证明这当然是小看了语言大师的词汇储藏量。美国教授爱德华·霍尔登(Edward Holden)经过一番考察后,认为

重译集序

至少达 24,000 个。可是他哪里知道，这依然是一种低估。有学者甚至声称用电脑检索出莎士比亚用的词汇多达 43,566 个！当然，这些数据还不是莎士比亚作品之所以产生空前影响的关键因素。

其次，但也许是更重要的原因：他的作品具有极高的娱乐性。文学作品的生命力在于它能寓教于乐。莎士比亚的作品不是枯燥的说教，而是能够给予读者或观众极大艺术享受的娱乐性创造物，往往具有明显的煽情效果，有意刺激人的欲望。这种艺术取向当然不是纯粹为了娱乐而娱乐，掩藏在背后的是当时西方人强有力的人本主义精神，即用以人为本的价值观来对抗欧洲上千年来以神为本的宗教价值观。重欲望、重娱乐的人本主义倾向明显对重神灵、重禁欲的神本主义产生了极大的挑战。当然，莎士比亚的人本主义与中国古人所主张的人本主义有很大的区别。要而言之，前者在相当大的程度上肯定了人的本能欲望或原始欲望的正当性，而后者则主要强调以人的仁爱为本规范人类社会秩序的高尚的道德要求。二者都具有娱乐效果，但前者具有纵欲性或开放性娱乐效果，后者则具有节欲性或适度自律性娱乐效果。换句话说，对于 16、17 世纪的西方人来说，莎士比亚的作品暗中契合了试图挣脱过分禁欲的宗教教义的约束而走向个性解放的千百万西方人的娱乐追求，因此，它会取得巨大成功是势所必然的。

第三，时势造英雄。人类其实从来不缺善于煽情的作手或视野宏阔的巨匠，缺的常常是时势和机遇。莎士比亚的时代恰恰是英国文艺复兴思潮达到鼎盛的时代。禁欲千年之久的欧洲社会如堤坝围裹的宏湖，表面上浪静风平，其底层却汹涌着决堤的纵欲性暗流。一旦湖堤洞开，飞涛大浪呼卷而下，浩浩汤汤，汇作长河，而莎士比亚恰好是河面上乘势而起的弄潮儿，其迎合西方人情趣的精湛表演，遂赢得两岸雷鸣般的喝彩声。时势不光涵盖社会发展的总趋势，也牵连着别的因素。比如说，文学或文化理论界、政治意识形态对莎士比亚作品理解、阐释的多样性与莎士比亚作品本身内容的多样性产生相辅相成的效果。"说不尽的莎士比亚"成了西方学术界的口头禅。西方的每一种意识形态理论，尤其是文学理论，要想获得有效性，都势必会将阐释莎士比亚的作品作为试金石。17世纪初的人文主义，18世纪的启蒙主义，19世纪的浪漫主义，20世纪的现实主义或批判现实主义，都不同程度地、选择性地把莎士比亚作品作为阐释其理论特点的例证。也许17世纪的古典主义曾经阻遏过西方人对莎士比亚作品的过度热情，但是19世纪的浪漫主义流派却把莎士比亚作品推崇到无以复加的崇高地位，莎士比亚俨然成了西方文学的神灵。20世纪以来，西方资本主义阵营和社会主义阵营可以说在意识形态的各个方面都互相对立，势同水火，可是在对待莎士比亚的问题上，居然有着惊人的共识与默契。不用说，社会主义阵营的立场与社会主义理论的创始者马克思（Karl Marx）、恩格斯（Friedrich Engels）个人的审美情趣息息相关。马克思一家都是莎士比亚的粉丝；马克思称莎士比亚为"人类最伟大的天才之一，人类文学奥林波斯山上的宙斯"！他号召作家们要更加莎士比亚化。恩格斯甚至指出："单是《快乐的温莎巧妇》[1]的第一幕就比全部德国文学包含着更多的生活气息。"不用说，这些话多多少少有某种程度的文学性夸张，但对莎士比亚的崇高地位来说，却无疑产生了极大的推动作用。

第四，1623年版《莎士比亚全集》奠定莎士比亚崇拜传统。这个版本即眼前译本所依据的皇家版《莎士比亚全集》（*The RSC William Shakespeare: Complete Works*, 2007）的主要内容。该版本产生于莎士比亚去世的第七年。莎士比亚的舞台同仁赫明奇（John Heminge）和康德尔（Henry Condell）整理出版了第一部莎士比亚戏剧集。当时的大学者、大

---

[1] 英文剧名为 The Merry Wives of Windsor，朱生豪先生译作《温莎的风流娘儿们》；重译本综合考虑剧情和英文书名，译作《快乐的温莎巧妇》。

作家本·琼森为之题诗，诗中写道："他非一代骚人，实属万古千秋。"这个调子奠定了莎士比亚偶像崇拜的传统。而这个传统一旦形成，后人就难以反抗。英国文学中的莎士比亚偶像崇拜传统已经形成了一种自我完善、自我调整、自我更新的机制。至少近两百年来，莎士比亚的文学成就已被宣传成世界文学的顶峰。

第五，现在署名"莎士比亚"的作品很可能不只是莎士比亚一个人的成果，而是凝聚了当时英国若干戏剧创作精英的团体努力。众多大作家的智慧浓缩在以"莎士比亚"为代号的作品集中，其成就的伟大性自然就获得了解释。当然，这最后一点只是莎士比亚研究界若干学者的研究性推测，远非定论。有的莎士比亚著作爱好者害怕一旦证明莎士比亚不是署名为"莎士比亚"的著作的作者，莎士比亚的著作便失去了价值，这完全是杞人忧天。道理很简单，人们即使证明了《红楼梦》的作者不是曹雪芹，或《三国演义》的作者不是罗贯中，也丝毫不影响这些作品的伟大价值。同理，人们即使证明了《莎士比亚全集》不是莎士比亚一个人创作的，也丝毫不会影响《莎士比亚全集》是世界文学中的伟大作品这个事实，反倒会更有力地证明这个事实，因为集体的智慧远胜于个人。

## 皇家版《莎士比亚全集》译本翻译总思路

横亘于前的这套新译本，是依据当今莎学界最负声望的皇家版《莎士比亚全集》进行翻译的，而皇家版又正是以本·琼森题过诗的1623年版《莎士比亚全集》为主要依据。

这套译本是在考察了中国现有的各种译本后，根据新的历史条件和新的翻译目的打造出来的。其总的翻译思路是本套译本主编会同外语教学与研究出版社的相关领导和责任编辑讨论的结果。总起来说，皇家版《莎士比亚全集》译本在翻译思路上主要遵循了以下几条：

1. 版本依据。如上所述，本版汉译本译文以英国皇家版《莎士比亚全集》为基本依据。但在翻译过程中，译者亦酌情参阅了其他版本，以增进对原作的理解。

2. 翻译内容包括：内页所含全部文字。例如作品介绍与评论、正文、注释等。

3. 注释处理问题。对于注释的处理：1）翻译时，如果正文译文已经将英文版某注释的基本含义较准确地表达出来了，则该注释即可取消；2）如果正文译文只是部分地将英文版对应注释的基本含义表达出来，则该注释可以视情况部分或全部保留；3）如果注释本身存疑，可以在保留原注的情况下，加入译者的新注。但是所加内容务必有理有据。

4. 翻译风格问题。对于风格的处理：1）在整体风格上，译文应该尽量逼肖原作整体风格，包括以诗体译诗体，以散体译散体；2）在具体的文字传输处理上，通常应该注重汉译本身的文字魅力，增强汉译本的可读性。不宜太白话，不宜太文言；文白用语，宜尽量自然得体。句子不要太绕，注意汉语自身表达的句法结构，尤其是其逻辑表达方式。意义的异化性不等于文字形式本身的异化性，因此要注意用汉语的归化性来传输、保留原作含义的异化性。朱生豪先生的译本语言流畅、可读性强，但可惜不是诗体，有违原作形式。当下译本是要在承传朱先生译本优点的基础上，根据新时代的读者审美趣味，取得新的进展。梁实秋先生等的译本，在达意的准确性上，比朱译有所进步，也是我们应该吸纳的优点。但是梁译文采不足，则须注意避其短。方平先生等的译本，也把莎士比亚翻译往前推进了一步，在进行大规模诗体翻译方面作出了宝贵的尝试，但是离真正的诗体尚有距离。此外，前此的所有译本对于莎士比亚原作的色情类用语都有程度不同的忽略，本套皇家版译本则尽力在此方面还原莎士比亚的本真状态（论述见后文）。其他还有一些译本，亦都应该受到我们的关注，处理原则类推。每种译本都有自己独特的东西。我们希望美的译文是这套译本的突出特点。

5. 借鉴他种汉译本问题。凡是我们曾经参考过的较好的译本，都在适当的地方加以注明，承认前辈译者的功绩。借鉴利用是完全必要的，但是要正大光明，避免暗中抄袭。

6. 具体翻译策略问题特别关键，下文将其单列进行陈述。

## 莎士比亚作品翻译领域大转折：真正的诗体译本

莎士比亚首先是一个诗人。莎士比亚的作品基本上都以诗体写成。因此，要想尽可能还原本真的莎士比亚，就必须将莎士比亚作品翻译成为诗体而不是散文，这在莎学界已经成为共识。但是紧接而来的问题是：什么叫诗体？或需要什么样的诗体？

按照我们的想法：1) 所谓诗体，首先是措辞上的诗味必须尽可能浓郁；2) 节奏上的诗味（包括分行）等要予以高度重视；3) 结合中国人的审美习惯，剧文可以押韵，也可以不押韵。但不押韵的剧文首先要满足前两个要求。

本全集翻译原计划由笔者一个人来完成。但是，莎士比亚的创作具有惊人的多样性，其作品来源也明显具有莎士比亚时代若干其他作家与作品的痕迹，因此，完全由某一个译者翻译成一种风格，也许难免偏颇，难以和莎士比亚风格的多样性相呼应。所以，集众人的力量来完成大业，应该更加合理，更加具有可操作性。

具体说来，新时代提出了什么要求？简而言之，就是用真正的诗体翻译莎士比亚的诗体剧文。这个任务，是朱生豪先生无法完成的。朱先生说过，他在翻译莎士比亚作品时，"当然预备全部用散文译出，否则将要了我的命"。¹ 显然，朱先生也考虑过用诗体来翻译莎士比亚著作的问题，但是他的结论是：第一，靠单独一个人用诗体翻译《莎士比亚全集》是办不到的，会因此累死；第二，他用散文翻译也是不得已的办法，因为只有这样他才有可能在有生之年完成《莎士比亚全集》的翻译工作。

将《莎士比亚全集》翻译成诗体比翻译成散文体要难得多。难到什么程度呢？和朱生豪先生的翻译进度比较一下就知道了。朱先生翻译得最快的时候，一天可以翻译一万字。² 为什么会这么快？朱先生才华过人，这当然是一个因素，但关键因素是：他是用散文翻译的。用真正的诗体就不一样了。以笔者自己的体验，今日照样用散文翻译莎士比亚剧本，最快时也可达到每日一万字。这是因为今日的译者有比以前更完备的注释本和众多的前辈汉译本作参考，至少在理解原著时，要比朱先生当年省力得多，所以翻译速度上最高达到一万字是不难的。但是翻译成诗体就是另外一回事了。这比自己写诗还要难得多。写诗是自己随意发挥，译诗则必须按照别人的意思发挥，等于是戴着镣铐跳舞。笔者自己写诗，诗兴浓时，一天数百行都可以写得出来，但是翻译诗，一天只能是几十行，统计成字数，往往还不到一千字，最多只是朱生豪先生散文翻译速度的十分之一。梁实秋先生翻译《莎士比亚全集》用的也是散文，但是也花了37年，如果要翻译成真正的诗体，那么至少得370年！由此可见，真正的诗体《莎士比亚全集》汉译本的诞生，有多么艰难。此次笔者约稿的各位译者，都是用诗体翻译，并且都表示花费了大量的时间，

---

1　见朱生豪大约在1936年夏致宋清如信："今天下午，我试译了两页莎士比亚，还算顺利，不过恐怕终于不过是Poor Stuff而已。当然预备全部用散文译出，否则将要了我的命。"（《伉俪：朱生豪宋清如诗文选》下卷，中国青年出版社，2013年，第94页）

2　朱生豪："今天因为提起了精神，却很兴奋，晚上译了六千字，今天一共译一万字。"（同上，第101页）

重译集序

x

皇家版《莎士比亚全集》译本凝聚了诸位译者的多少努力，也就不言而喻了。

**翻译诗体分辨：不是分了行就是真正的诗**

主张将莎士比亚剧作翻译成诗体成了共识，但是什么才是诗体，却缺乏共识。在白话诗盛行的时代，许多人只是简单地认定分了行的文字就是诗这个概念。分行只是一个初级的现代诗要求，甚至不必是必然要求，因为有些称为诗的文字甚至连分行形式都没有。不过，在莎士比亚作品的翻译上，要让译文具有诗体的特征，首先是必定要分行的，因为莎士比亚原作本身就有严格的分行形式。这个不用多说。但是译文按莎士比亚的方式分了行，只是达到了一个初级的低标准。莎士比亚的剧文读起来像不像诗，还大有讲究。

卞之琳先生对此是颇有体会的。他的译本是分行式诗体，但是他自己也并不认为他译出的莎士比亚剧本就是真正的诗体译本。他说：读者阅读他的译本时，"如果……不感到是诗体，不妨就当散文读，就用散文标准来衡量"。[1] 这是一个诚实的译者说出的诚实话。不过，卞先生很谦虚，他有许多剧文其实读起来还是称得上诗体的。原因是什么？原因是他注意到了笔者上文提到的两点：第一，诗的措辞；第二，诗的节奏。只不过他迫于某些客观原因，并没有自始至终侧重这方面的追求而已。

显然，一些译本翻译了莎士比亚的剧文，在行数上靠近莎士比亚原作，措辞也还流畅。这些是不是就是理想的诗体莎士比亚译本呢？笔者认为，这还不够。什么是诗，对于中国人来说有几千年的历史，我们不

---

[1] 卞之琳：《莎士比亚悲剧四种》，方志出版社，2007年，第4页。

能脱离这个悠久的传统来讨论这个问题。为此，我们不得不重新提到一些基本概念：什么是诗？什么是诗歌翻译？

## 诗歌是语言艺术，诗歌翻译也就必须是语言艺术

讨论诗歌翻译必须从讨论诗歌开始。

诗主情。诗言志。诚然。但诗歌首先应该是一种精妙的语言艺术。同理，诗歌的翻译也就不得不首先表现为同类精妙的语言艺术。若译者的语言平庸而无光彩，与原作的语言艺术程度差距太远，那就最多只是原诗含义的注释性文字，算不得真正的诗歌翻译。

那么，何谓诗歌的语言艺术？

无他，修辞造句、音韵格律一整套规矩而已。无规矩不成方圆，无限制难成大师。奥运会上所有的技能比赛，无不按照特定的规矩来显示参赛者高妙的技能。德国诗人歌德（Johann Wolfgang von Goethe）《自然和艺术》（"Natur und Kunst"）一诗最末两行亦彰扬此理：

非限制难见作手，

唯规矩予人自由。[1]

艺术家的"自由"，得心应手之谓也。诗歌既为语言艺术，自然就有一整套相应的语言艺术规则。诗人应用这套规则时，一旦达到得心应手的程度，那就是达到了真正成熟的境界。当然，规矩并非一点都不可打破，但只有能够将规矩使用到随心所欲而不逾矩的程度的人，才真正有资格去创立新规矩，丰富旧规矩。创新是在承传旧规则长处的基础上来进行的，而不是完全推翻旧规则，肆意妄为。事实证明，在语言艺术上

---

[1] In der Beschränkung zeigt sich erst der Meister, / Und das Gesetz nur kann uns Freiheit geben. 参见 http://www.business-it.nl/files/7d413a5dca62fc735a072b16fbf050b1-27.php.

凡无视积淀千年的诗歌语言规则，随心所欲地巧立名目、乱行胡来者，永不可能在诗歌语言艺术上取得大的成就，所以歌德认为：

若徒有放任习性，

则永难至境遨游。[1]

诗歌语言艺术如此需要规则，如此不可放任不羁，诗歌的翻译自然也同样需要相类似的要求。这个要求就是笔者前面提出的主张：若原诗是精妙的语言艺术，则理论上说来，译诗也应是同类精妙的语言艺术。

但是，"同类"绝非"同样"。因为，由于原作和译作使用的语言载体不一样，其各自产生的语言艺术规则和效果也就各有各的特点，大多不可同样复制、照搬。所以译作的最高目标，是尽可能在译入语的语言艺术领域达到程度大致相近的语言艺术效果。这种大致相近的艺术效果程度可叫作"最佳近似度"。它实际上也就是一种翻译标准，只不过针对不同的文类，最佳近似度究竟在哪些因素方面可最佳程度地（并不一定是最大程度地）取得近似效果，不是一成不变的，而是具有高度的灵活性。不同的文类，甚至针对不同的受众，我们都可以设定不同的最佳近似度。这点在拙著《中西诗比较鉴赏与翻译理论》（清华大学出版社，2010年）的相关章节中有详细的厘定，此不赘。

### 话与诗的关系：话不是诗

古人的口语本来就是白话，与现在的人说的口语是白话一个道理。

---

[1] Vergebens werden ungebundene Geister / Nach der Vollendung reiner Höhe streben. 参见 http://www.cosmiq.de/qa/show/3454062/Vergebens-werden-ungebundne-Geister-Nach-der-Vollendung-reiner-Hoehe-streben-Was-ist-die-Bedeutung-dieser-2-Verse-Ich-komm-nicht-drauf/t.

正因为白话太俗，不够文雅，古人慢慢将白话进行改进，使它更加规范、更加准确，并且用语更加丰富多彩，于是文言产生。在文言的基础上，还有更文的文字现象，那就是诗歌，于是诗歌产生。所以就诗歌而言，文言味实际上就是一种特殊的诗味。文言有浅近的文言，也有佶屈聱牙的文言。中国传统诗歌绝大多数是浅近的文言，但绝非口语、白话。诗中有话的因素，自不待言，但话的因素往往正是诗试图抑制的成分。

文言和诗歌的产生是低俗的口语进化到高雅、准确层次的标志。文言和诗歌的进一步发展使得语言的艺术性愈益增强。最终，文言和诗歌完成了艺术性语言的结晶化定型。这标志着古代文学和文学语言的伟大进步。《诗经》、楚辞、唐诗、宋词、元明戏曲，以及从先秦、汉、唐、宋、元至明清的散文等，都是中国语言艺术逐步登峰造极的明证。

人们往往忘记：话不是诗，诗是话的升华。话据说至少有**几十万年**的历史，而诗却只有**几千年**的历史。白话通过漫长的岁月才升华成了诗。因此，从理论上说，白话诗不是最好的诗，而只是低层次的、初级的诗。当一行文字写得不像是话时，它也许更像诗。"太阳落下山去了"是话，硬说它是诗，也只是平庸的诗，人人可为。而同样含义的"白日依山尽"不像是话，却是真正的诗，非一般人可为，只有诗人才写得出。它的语言表达方式与一般人的通用白话脱离开来了，实现了与通用语的偏离 (deviation from the norm)。这里的通用语指人们天天使用的白话。试想把唐诗宋词译成白话，还有多少诗味剩下来？

谢谢古代先辈们一代又一代、不屈不挠的努力，话终于进化成了诗。

但是，20世纪初一些激进的中国学者鼓荡起一场声势浩大的白话文运动。

客观说来，用白话文来书写、阅读自然科学和人文科学文献，例如哲学、政治学、伦理学、经济学等等文献，这都是**伟大的进步**。这个进步甚至可以上溯到八百多年前朱熹等大学者用白话体文章传输理学思想。对此笔者非常拥护，非常赞成。

但是约一百年前的白话诗运动却未免走向了极端，事实上是一种语言艺术方面的倒退行为。已经高度进化的诗词曲形式被强行要求返祖回归到三千多年前的类似白话的状态，已经高度语言艺术化了的诗被强行要求退化成话。艺术性相对较低的白话反倒成了正统，艺术性较高的诗反倒成了异端。其实，容许口语类白话诗和文言类诗并存，这才是正确的选择。但一些激进学者故意拔高白话地位，在诗歌创作领域搞成白话至上主义，这就走上了极端主义道路。

这个运动影响到诗歌翻译的结果是什么呢？结果是西方所有的大诗人，不论是古代的还是近代的，如荷马（Homer）、但丁（Dante）、莎士比亚、歌德、雨果（Victor Hugo）、普希金（Alexander Pushkin）……都莫名其妙地似乎用同一支笔写出了20世纪初才出现的味道几乎相同的白话文汉诗！

将产生这种极端性结果的原因再回推，我们会清楚地明白，当年的某些学者把文学艺术简单雷同于人文社会科学，误解了文学艺术，尤其是诗歌艺术的特殊性质，误以为诗就是话，混淆了诗与话的形式因素。

## 针对莎士比亚戏剧诗的翻译对策

由上可知，莎士比亚的剧文既然大多是格律诗，无论有韵无韵，它们都是诗，都有格律性。因此在汉译中，我们就有必要显示出它具有格律性，而这种格律性就是诗性。

问题在于，格律性是附着在语言形式上的；语言改变了，附着其上的格律性也就大多会消失。换句话说，格律大多不可复制或模仿，这就正如用钢琴弹不出二胡的效果，用古筝奏不出黑管的效果一样。但是，原作的内在旋律是可以模仿的，只是音色变了。原作的诗性是可以换个形式营造的，这就是利用汉语本身的语言特点营造出大略类似的语言艺术审美效果。

由于换了另外一种语言媒介，原作的语音美设计大多已经不能照搬、复制，甚至模拟了，那么我们就只好断然舍弃掉原作的许多语音美设计，而代之以译入语自身的语言艺术结构产生的语音美艺术设计。当然，原作的某些语音美设计还是可以尝试模拟保留的，但在通常的情况下，大多数的语音美已经不可能传输或复制了。

利用汉语本身的语音审美特点来营造莎士比亚诗歌的汉译语音审美效果，是莎士比亚作品翻译的一个有效途径。机械照搬原作的语音审美模式多半会失败，并且在大多数的场合下也没有必要。

具体说来，这就涉及翻译莎士比亚戏剧作品时该如何处理：1）节奏；2）韵律；3）措辞。笔者主张，在这三个方面，我们都可以适当借鉴利用中国古代词曲体的某些因素。戏剧剧文中的诗行一般都不宜多用单调的律诗和绝句体式。元明戏剧为什么没有采用前此盛行的五言或七言诗行而采用了长短错杂、众体皆备的词曲体？这是一种艺术形式发展的必然。元明曲体由于要更好更灵活地满足抒情、叙事、论理等诸多需要，故借用发展了词的形式，但不是纯粹的词，而是融入了民间语汇。词这种形式涵盖了一言、二言、三言、四言、五言、六言、七言、八言……乃至十多言的长短句式，因此利于表达变化莫测的情、事、理。从这个意义上看，莎士比亚剧文语言单位的参差不齐状态与中文词曲体句式的参差不齐状态正好有某种相互呼应的效果。

也许有人说，莎士比亚的剧文虽然是格律诗，但并不怎么押韵，因此汉诗翻译也就不必押韵。这个说法也有一定道理，但是道理并不充实。

首先，我们应该明白，既然莎士比亚的剧文是诗体，人们读到现今的散体译文或不押韵的分行译文却难以感受到其应有的诗歌风味，原因即在于其音乐性太弱。如果人们能够照搬莎士比亚素体诗所惯常用的音步效果及由此引起的措辞特点，当然更好。但事实上，原作的节奏效果是印欧语系语言本身的效果，换了一种语言，其效果就大多不能搬用了，所以我们只好利用汉语本身的优势来创造新的音乐美。这种音乐美很难说是原作的音乐美，但是它毕竟能够满足一点：即诗体剧文应该具有诗歌应有的音乐美这个起码要求。而汉译的押韵可以强化这种音乐美。

其次，莎士比亚的剧文不押韵是由诸多因素造成的。第一，属于印欧语系语言的英语在押韵方面存在先天的多音节不规则形式缺陷，导致押韵词汇范围相对较窄。所以对于英国诗人来说，很苦于押韵难工；莎士比亚的许多押韵体诗，例如十四行诗，在押韵方面都不很工整。其次，莎士比亚的剧文虽不押韵，却在节奏方面十分考究，这就弥补了音韵方面的不足。第三，莎士比亚的剧文几乎绝大多数是诗行，对于剧作者来说，每部长达两三千行的诗行行都要押韵，这是一个极大的挑战，很难完成。而一旦改用素体，剧作者便会轻松得多。但是，以上几点对于汉语译本则不是一个问题。汉语的词汇及语音构成方式决定了它天生就是一种有利于押韵的艺术性语言。汉语存在大量同韵字，押韵是一件很容易的事情。汉语的语音音调变化也比莎士比亚使用的英语的音调变化空间大一倍以上。汉语音调至少有四种（加上轻重变化可达六至八种），而英语的音调主要局限于轻重语调两种，所以存在于印欧语系文字诗歌中的频频押韵有时会产生的单调感，在汉语中会在很大程度上由于语调的多变而得到缓解。故汉语戏剧剧文在押韵方面有很大的潜在优势空间，实际上元明戏剧剧文频频押韵就是证明。

第三，莎士比亚的剧文虽然很多不押韵，但却具极强的节奏感。他惯用的格律多半是抑扬格五音步（iambic pentameter）诗行。如果我们在节奏方面难以传达原作的音美，或者可以通过韵律的音美来弥补节奏美的丧失，这种翻译对策谓之堤内损失堤外补，亦谓失之东隅，收之桑榆。我们的语言在某方面有缺陷，可以通过另一方面的优点来弥补。当然，笔者主张在一定程度上借鉴利用传统词曲的风味，却并不主张使用宋词、元曲式的严谨格律，而只是追求一种过分散文化和过分格律化之间的妥协状态。有韵但是不严格，要适当注意平仄，但不过多追求平仄效果及诗行的整齐与否；不必有太固定的建行形式，只是根据诗歌本身的内容和情绪赋予适当的节奏与韵式。在措辞上则保持与白话有一段距离，但是绝非佶屈聱牙的文言，而是趋近典雅、但普通读者也能读懂的语言。

最后，根据翻译标准多元互补论原理，由于莎士比亚作品在内容、形式及审美效应方面具有多样性，因此，只用一种类乎纯诗体译法来翻译所有的莎士比亚剧文，也是不完美的，因为单一的做法也许无形中堵塞了其他有益的审美趣味通道。因此，这套译本的译风虽然整体上强调诗化、诗味，但是在营造诗味的途径和程度上不是单一的。我们允许诗体译风的灵活性和创新性。多译者译法实际上也是在探索诗体译法的诸多可能性，这为我们将来进一步改进这套译本铺垫了一条较宽的道路。因此，译文从严格押韵、半押韵到不押韵的各个程度，译本都有涉猎。但是，无论是否押韵，其节奏和措辞应该总是富于诗意，这个要求则是统一的。这是我们对皇家版《莎士比亚全集》译本的语言和风格要求。不能说我们能完全达到这个目标，但我们是往这个方向努力的。正是这样的努力，使这套译本与前此译本有很大的差异，在一定的意义上来说，标志着中国莎士比亚著作翻译的一次大转折。

### 翻译突破：还原莎士比亚作品禁忌区域

另有一个课题是中国学者从前讨论得比较少的禁忌领域，即莎士比亚著作中的性描写现象。

许多西方学者认为,莎士比亚酷爱色情字眼,他的著作渗透着性描写、性暗示。只要有机会,他就总会在字里行间,用上与性相联系的双关语。西方人很早就搜罗莎士比亚著作的此类用语,编纂了莎士比亚淫秽用语词典。这类词典还不止一种。1995 年,我又看到弗朗基·鲁宾斯坦(Frankie Rubinstein)等编纂了《莎士比亚性双关语释义词典》(*A Dictionary of Shakespeare's Sexual Puns and Their Significance*),厚达 372 页。

赤裸裸的性描写或过多的淫秽用语在传统中国文学作品中是受到非议的,尽管有《金瓶梅》这样被判为淫秽作品的文学现象,但是中国传统的主流舆论还是抑制这类作品的。莎士比亚的作品固然不是通常意义上的淫秽作品,但是它的大量实际用语确实有很强的色情味。这个极鲜明的特点恰恰被前此的所有汉译本故意掩盖或在无意中抹杀掉。莎士比亚的所有汉译者,尤其是像朱生豪先生这样的译者,显然不愿意中国读者看到莎士比亚的文笔有非常泼辣的大量使用性相关脏话的特点。这个特点多半都被巧妙地漏译或改译。于是出现一种怪现象,莎士比亚著作中有些大段的篇章变成汉语后,尽管读起来是通顺的,读者对这些话语却往往感到莫名其妙。以《罗密欧与朱丽叶》第一幕第一场前面的 30 行台词为例,这是凯普莱特家两个仆人山普孙与葛莱古里之间的淫秽对话。但是,读者阅读过去的汉译本时,很难看到他们是在说淫秽的脏话,甚至会认为这些对话只是仆人之间的胡话,没有什么意义。

不过,前此的译本对这类用语和描写的态度也并不完全一样,而是依据年代距离在逐步改变。朱生豪先生的译本对这些东西删除改动得最多,梁实秋先生已经有所保留,但还是有节制。方平先生等的译本保留得更多一些,但仍然持有相当的保留态度。此外,从英语的不同版本看,有的版本注释得明白,有的版本故意模糊,有的版本注释者自己也没有弄懂这些双关语，那就更别说中国译者了。

在这一点上，我们目前使用的皇家版《莎士比亚全集》是做得最好的。

那么，我们该怎样来翻译莎士比亚的这种用语呢？是迫于传统中国道德取向的习惯巧妙地回避，还是尽可能忠实地传达莎士比亚的本真用意？我们认为，前此的译本依据各自所处时代的中国人道德价值的接受状态，采用了相应的翻译对策，出现了某种程度的曲译，这是可以理解的，是特定历史条件下的产物。但是，历史在前进，中国人的道德观已经有了很大的改变，尤其是在性禁忌领域。说实话，无论我们怎样真实地还原莎士比亚著作中的性双关描写，比起当代文学作品中有时无所忌讳的淫秽描写来，莎士比亚还真是有小巫见大巫的感觉。换句话说，目前中国人在这方面的外来道德价值接受状态，已经完全可以接受莎士比亚著作中的性双关用语了。因此，我们的做法是尽可能真实还原莎士比亚性相关用语的现象。在通常的情况下，如果直译不能实现这种现象的传输，我们就采用注释。可以说，在这方面，目前这个版本是所有莎士比亚汉译本中做得最超前的。

## 译法示例

莎士比亚作品的文字具有多种风格，早期的、中期的和晚期的语言风格有明显区别，悲剧、喜剧、历史剧、十四行诗的语言风格也有区别。甚至同样是悲剧或喜剧，莎士比亚的语言风格往往也会很不相同。比如同样是属于悲剧，《罗密欧与朱丽叶》剧文中就常常有押韵的段落，而大悲剧《李尔王》却很少押韵；同样是喜剧，《威尼斯商人》是格律素体诗，而《快乐的温莎巧妇》却大多是散文体。

重译集序

与此现象相应,我们的翻译当然也就有多种风格。虽然不完全一一对应,但我们有意避免将莎士比亚著作翻译成千篇一律的一种文体。从这个意义上说,皇家版《莎士比亚全集》汉译本在某些方面采用了全新的译法。这种全新译法不是孤立的一种译法,而是力求展示多种翻译风格、多种审美尝试。多样化为我们将来精益求精提供了相对更多的选择。如果现在固定为一种单一的风格,那么将来要想有新的突破,就困难了。概括说来,我们的多种翻译风格主要包括:1) 有韵体诗词曲风味译法;2) 有韵体现代文白融合译法;3) 无韵体白话诗译法。下面依次选出若干相应风格的译例,供读者和有关方面品鉴。

**一、有韵体诗词曲风味译法**

有韵体诗词曲风味译法注意使用一些传统诗词曲中诗味比较浓郁的词汇,同时注意遣词不偏僻,节奏比较明快,音韵也比较和谐。但是,它们并不是严格意义上的传统诗词曲,只是带点诗词曲的风味而已。例如:

| 女巫甲 | 何时我等再相逢? |
| | 闪电雷鸣急雨中? |
| 女巫乙 | 待到硝烟烽火静, |
| | 沙场成败见雌雄。 |
| 女巫丙 | 残阳犹挂在西空。 (《麦克白》第一幕第一场) |

| 小丑甲 | 当时年少爱风流, |
| | 有滋有味有甜头; |
| | 行乐哪管韶华逝, |
| | 天下柔情最销愁。 (《哈姆莱特》第五幕第一场) |

| | |
|---|---|
| **朱丽叶** | 天未曙,罗郎,何苦别意匆忙? |
| | 鸟音啼,声声亮,惊骇罗郎心房。 |
| | 休听作破晓云雀歌,只是夜莺唱, |
| | 石榴树间,夜夜有它设歌场。 |
| | 信我,罗郎,端的只是夜莺轻唱。 |
| **罗密欧** | 不,是云雀报晓,不是莺歌, |
| | 看东方,无情朝阳,暗洒霞光, |
| | 流云万朵,镶嵌银带飘如浪。 |
| | 星斗如烛,恰似残灯剩微芒, |
| | 欢乐白昼,悄然驻步雾嶂群岗。 |
| | 奈何,我去也则生,留也必亡。 |
| **朱丽叶** | 听我言,天际微芒非破晓霞光, |
| | 只是金乌,吐射流星当空亮, |
| | 似明炬,今夜为郎,朗照边邦, |
| | 何愁它曼托瓦路,漫远悠长。 |
| | 且稍待,正无须行色皇皇仓仓。 |
| **罗密欧** | 纵身陷人手,蒙斧钺加诛于刑场; |
| | 只要这勾留遂你愿,我欣然承当。 |
| | 让我说,那天际灰朦,非黎明醒眼, |
| | 乃月神眉宇,幽幽映现,淡淡辉光; |
| | 那歌鸣亦非云雀之讴,哪怕它 |
| | 嚣然振动于头上空冥,嘹亮高亢。 |
| | 我巴不得栖身此地,永不他往。 |
| | 来吧,死亡!倘朱丽叶愿遂此望。 |
| | 如何,心肝?畅谈吧,趁夜色迷茫。 |

(《罗密欧与朱丽叶》第三幕第五场)

## 二、有韵体现代文白融合译法

有韵体现代文白融合译法的特点是：基本押韵，措辞上白话与文言尽量能够水乳交融；充分利用诗歌的现代节奏感，俾便能够念起来朗朗上口。例如：

**哈姆莱特** 死，还是生？这才是问题根本：
莫道是苦海无涯，但操戈奋进，
终赢得一片清平；或默对逆运，
忍受它箭石交攻，敢问，
两番选择，何为上乘？
死灭，睡也，倘借得长眠
可治心伤，愈千万肉身苦痛痕，
则岂非美境，人所追寻？死，睡也，
睡中或有梦魇生，唉，症结在此；
倘能撒手这碌碌凡尘，长入死梦，
又谁知梦境何形？念及此忧，
不由人踌躇难定：这满腹疑情
竟使人苟延年命，忍对苦难平生。
假如借短刀一柄，即可解脱身心，
谁甘愿受人世的鞭挞与讥评，
强权者的威压，傲慢者的骄横，
失恋的痛楚，法律的耽延，
官吏的暴虐，甚或默受小人
对贤德者肆意拳脚加身？
谁又愿肩负这如许重担，
流汗、呻吟，疲于奔命，
倘非对死后的处境心存疑云，

惧那未经发现的国土从古至今
无孤旅归来，意志的迷惘
使我辈宁愿忍受现世的忧闷，
而不敢飞身投向未知的苦境？
前瞻后顾使我们全成懦夫，
于是，本色天然的决断决行，
罩上了一层思想的惨淡余阴，
只可惜诸多待举的宏图大业，
竟因此如逝水忽然转向而行，
失掉行动的名分。　　　（《哈姆莱特》第三幕第一场）

**麦克白**　若做了便是了，则快了便是好。
若暗下毒手却能横超果报，
割人首级却赢得绝世功高，
则一击得手便大功告成，
千了百了，那么此际此宵，
身处时间之海的沙滩、岸畔，
何管它来世风险逍遥。但这种事，
现世永远有裁判的公道：
教人杀戮之策者，必受杀戮之报；
给别人下毒者，自有公平正义之手
让下毒者自食盘中毒肴。　（《麦克白》第一幕第七场）

损神，耗精，愧煞了浪子风流，
都只为纵欲眠花卧柳，
阴谋，好杀，赌假咒，坏事做到头；

心毒手狠，野蛮粗暴，背信弃义不知羞。
才尝得云雨乐，转眼意趣休。
舍命追求，一到手，没来由
便厌腻个透。呀恰，恰像是钓钩，
但吞香饵，管教你六神无主不自由。
求时疯狂，得时也疯狂，
曾有，现有，还想有，要玩总玩不够。
适才是甜头，转瞬成苦头。
求欢同枕前，梦破云雨后。
唉，普天下谁不知这般儿歹症候，
却避不得便往这通阴曹的天堂路儿上走！

（十四行诗第一百二十九首）

### 三、无韵体白话诗译法

无韵体白话诗译法的特点是：虽然不押韵，但是译文有很明显的和谐节奏，措辞畅达，有诗味，明显不是普通的口语。例如：

贡妮芮　父亲，我爱您非语言所能表达；
　　　　胜过自己的眼睛、天地、自由；
　　　　超乎世上的财富或珍宝；犹如
　　　　德貌双全、康强、荣誉的生命。
　　　　子女献爱，父亲见爱，至多如此；
　　　　这种爱使言语贫乏，谈吐空虚：
　　　　超过这一切的比拟——我爱您。（《李尔王》第一幕第一场）

李尔　　国王要跟康沃尔说话，慈爱的父亲
　　　　要跟他女儿说话，命令、等候他们服侍。

这话通禀他们了吗?我的气血都飙起来了!
火爆?火爆公爵?去告诉那烈性公爵——
不,还是别急:也许他是真不舒服。
人病了,常会疏忽健康时应尽的
责任。身子受折磨,
逼着头脑跟它受苦,
人就不由自主了。我要忍耐,
不再顺着我过度的轻率任性,
把难受病人偶然的发作,错认是
健康人的行为。我的王权废掉算了!
为什么要他坐在这里?这种行为
使我相信公爵夫妇不来见我
是伎俩。把我的仆人放出来。
去跟公爵夫妇讲,我要跟他们说话,
现在就要。叫他们出来听我说,
不然我要在他们房门前打起鼓来,
不让他们好睡。　　(《李尔王》第二幕第二场)

**奥瑟罗**　诸位德高望重的大人,
我崇敬无比的主子,
我带走了这位元老的女儿,
这是真的;真的,我和她结了婚,说到底,
这就是我最大的罪状,再也没有什么罪名
可以加到我头上了。我虽然
说话粗鲁,不会花言巧语,
但是七年来我用尽了双臂之力,

直到九个月前,我一直
都在战场上拼死拼活,
所以对于这个世界,我只知道
冲锋向前,不敢退缩落后,
也不会用漂亮的字眼来掩饰
不漂亮的行为。不过,如果诸位愿意耐心听听,
我也可以把我没有化装掩盖的全部过程,
一五一十地摆到诸位面前,接受批判:
我绝没有用过什么迷魂汤药、魔法妖术,
还有什么歪门邪道——反正我得到他的女儿,
全用不着这一套。　　　　(《奥瑟罗》第一幕第三场)

# 目 录

出版说明 .................................................................. i

莎士比亚诗体重译集序 ............................................ iii

《威尼斯商人》导言 .................................................. 1

威尼斯商人 ............................................................ 11

# 《威尼斯商人》导言[1]

1598年夏天，宫内大臣剧团注册了《威尼斯商人》(*The Jew of Venice*，又名《威尼斯的犹太人》) 一书的印刷权。两年之后，为迎合读者的喜好，该剧出版时在扉页写道：威尼斯商人最精彩的故事。其中有犹太人夏洛克对威尼斯商人所作的极端残忍的行为，即从其身上割下恰好一磅肉，还有鲍西娅遵父遗嘱用三个盒子选夫婿的故事。可见，夏洛克这个戏剧人物，以及巴萨尼奥向鲍西娅求婚的情节无疑被认为是该剧的主要卖点。如果说该剧以"威尼斯的犹太人"为备选剧名明显效仿了当时最卖座的一部剧作，即诗人、剧作家克里斯托弗·马洛（Christopher Marlowe）的《马耳他的犹太人》(*The Jew of Malta*)，那么它跟"商人"安东尼奥有什么关系呢？

在莎士比亚的剧作中，还真找不出另一个人物像安东尼奥这样，作为剧名角色，在剧中却是有名无实的小人物。若论戏份的多少，最多的是鲍西娅，其次是夏洛克，然后是巴萨尼奥。安东尼奥的台词与其友葛莱西安诺，以及罗兰佐一样不引人注目。对于安东尼奥这个角色的隐秘

---

[1] 本剧的导言部分、第二幕第二场、第三幕第一场和第五场多系散体，由徐阳博士翻译。特注明。——译者附注

处理似乎是莎士比亚刻意为之。"我真不知晓,为何愁绪难消",这是安东尼奥的出场台词。他的好友提出两种可能使他愁闷忧郁的原因:或者他为自己的商船能否平安归来而担心,或者因为他在恋爱。安东尼奥一一否认,并且说,他注定要在世界大舞台上扮演悲情的角色。有趣的是,莎士比亚将另外两部剧作中性格忧郁的人物同样命名为安东尼奥:一位是《第十二夜》(*Twelfth Night*)中的船长,他为了挚友西巴斯辛(Sebastian)甘冒生命危险,却在后者找到所爱之后备受冷落;另一位是《暴风雨》(*The Tempest*)中米兰公爵普洛斯彼罗(Prospero)篡权的弟弟,此人既未娶妻也未生子,剧终时同样成为被边缘化的人物。有一些版本的演出探究了《威尼斯商人》与《第十二夜》中安东尼奥这个人物"孤独感"的根源,认为这种"孤独感"源于内心一厢情愿的同性情欲,而暗恋对象分别是巴萨尼奥与西巴斯辛。

莎士比亚构建剧情时常常使人物关系呈现"三角形的"结构,男性之间的亲密友谊与其对女性的欲望处于相互对立冲突的状态中。这样的人物关系不仅在莎士比亚几部戏剧中出现,也成为其十四行诗的"隐含叙述"。《威尼斯商人》开场即是巴萨尼奥为向富家嗣女求婚,向好友借钱。他自诩为希腊神话中夺取金羊毛的伊阿宋(Jason),葛莱西安诺和罗兰佐就是这位"阿尔戈英雄"的同伴。伊阿宋因其机智英勇而闻名,他的自私自利和唯利是图同样广为世人所知。他总是依靠女人的帮助,例如阿里阿德涅(Ariadne)、美狄亚(Medea)等,来成就自己的野心,成为她们的情人之后,为了追逐新的挑战,又抛弃她们。如果伊阿宋是巴萨尼奥效仿的榜样,那么他应该被划归为莎士比亚喜剧中不完美的情人那一类,包括《无事生非》(*Much Ado about Nothing*)中的克劳狄欧(Claudio),以及《终成眷属》(*All's Well that Ends Well*)中的勃特拉姆(Bertram)等,他们与他们追求的女人之间有云泥之别。

通过这样的比较可以看出,《威尼斯商人》是莎士比亚的黑暗喜剧之一。浪漫风格中混杂着阴郁色彩，在第五幕第一场杰西卡与罗兰佐美妙却充满嘲弄意味的情人对话中尤其明显。他们在对白中将自己与古典神话中的名人相提并论，但是，他们提到的是哪种类型的神话人物呢？克瑞西达（Cressida）对特洛伊罗斯（Troilus）不忠；美狄亚是投毒者；提斯柏（Thisbe）尽管在《仲夏夜之梦》（*A Midsummer Night's Dream*）中众工匠上演的戏中以喜剧面目出现，在神话中却与朱丽叶（Juliet）命运相似，以悲剧的结局为人所知；狄多（Dido）——埃涅阿斯（Aeneas）为了创立未来的罗马，乘船逃走，将其抛弃。这些人当中没有一个是喜剧人物，统统供奉在希腊悲剧的万神殿里。

巴萨尼奥与神话人物伊阿宋的相同之处在于机智，尤其体现在"选匣攀亲"的情节中。鲍西娅过世的父亲为了帮女儿觅得良人，设计了一个简单的测试：选金匣与选银匣的追求者很明显是被财富吸引，因此娶她是为了她的钱财。选铅匣的追求者不在意钱财，所以他才是真爱鲍西娅的人。巴萨尼奥明白事物的外表具有蒙蔽性，看透了测试的用意。16世纪的威尼斯以发达的商业交易与奢靡的生活方式闻名欧洲，教会了巴萨尼奥利用借贷来包装自己，以求不露寒酸。他不想在追求鲍西娅的时候看起来像一心追求富贵的男人，所以从安东尼奥那里借钱，把自己装扮成有钱人："我表面铺张只为了维持排场，/微薄家资其实早就难以为继。"他选择铅匣是因为他从自身经验明白"外表"最难反应真实的内心，而世人很容易轻信"表面修饰"。黄金是贪婪的国王弥达斯（Midas）坚硬的食物，所以不能选金匣——他猜想鲍西娅一定喜欢听这样的话。鲍西娅通过暗示帮助他做决定：摩洛哥亲王和阿拉贡亲王选匣时她沉默不语，而巴萨尼奥思索如何选择时，却用歌声去引导他，警告他不要受事物的外在所欺骗。

鲍西娅早已中意巴萨尼奥（他曾跟随鲍西娅的另一位追求者来过贝

尔蒙特，把自己打扮成一个"能文能武的人"）。当巴萨尼奥放弃外表光鲜的金匣时，她心甘情愿地被爱情俘获，用一段优美的独白吐露自己的心声。她将自己的财富、品德、美貌、地位完全忘在脑后，说："可我这身价，/ 实在是等于零。总而言之，/ 我缺调教、无知、少经验"。表面看来，鲍西娅居住的贝尔蒙特（字面意思是"美丽的山"）在戏剧中象征了田园生活的意境，是一个轻松、正派、探索自我的世外桃源，与锱铢必较、尔虞我诈的商业城市威尼斯形成鲜明的对比。然而贝尔蒙特却嘲弄了慕名而来的人们：选择财富注定空手而归，假装拒绝竟然如愿以偿。摩洛哥亲王只注重事物的表面，求婚的要求被断然拒绝。莎士比亚戏剧中不止一次出现诚实的摩尔人被意大利人阴谋设计的故事。

无论语言多么华丽，巴萨尼奥和鲍西娅的行为都体现了"习惯"的力量，对"习惯"一词的诠释，伊丽莎白时代的人们会联想到马基雅弗利（Machiavelli）——主张"自我进阶"的典型意大利阴谋家。巴萨尼奥声称自己为爱情而来，**实则看中了鲍西娅的财富**。鲍西娅嘴上承认巴萨尼奥为"夫君、主上和总管"，却实无此意。她作出以身相许的表白之后，把象征着财富与婚姻的指环赠送给巴萨尼奥。由此为之后的"指环事件"巧妙地设下伏笔，并最终抓住丈夫的把柄，将两性关系的主动权把握在自己手里。她虽然提过要将自己所拥有的一切都献给丈夫——这是当时的法律对婚姻的要求，然而在剧终她从威尼斯回到贝尔蒙特时，那里在她口中依然是"**我**厅堂"，灯光"闪耀在**我家**厅堂"。

至于她描述自己"缺调教"、"无知"的说辞，完全被她乔装打扮成的律师鲍尔萨泽在法庭上的精彩表现所颠覆；她凭借高超的法证技巧诠释威尼斯法律，使公爵及众贵族目瞪口呆。离开贝尔蒙特之时，她说将和尼莉莎继续待在修道院——女性与世人隔绝的幽闭之地，等待巴萨尼奥解除危机平安归来。然而，事实上她去了威尼斯法庭，在公共场合展示竞争能力，从被动期待男性追求转变为主动解决生活困境的女性。她脱掉修女服，披上律师袍，展现了出色的辩论艺术。步步为营、精彩绝伦的辩论颇受伊丽莎白女王（Queen Elizabeth）的喜爱。后者在法学、神学等更为细微复杂的领域里，处理内政外交事务及与众多追求者周旋时总能以同样的智慧应付自如、以谋略取胜。

"慈悲不是一种硬性的规定"：围绕着"硬性的规定"的含义，鲍西娅展示了辩论才能（即莎士比亚的创作才华）。慈悲不能靠约束或强制来索取，它必须是自由给予的，既不偏私护短，也不厚此薄彼。它的品质与"自天而降[的]甘霖"一样纯粹，绝非那种可以析出不纯颗粒的浑浊液体。如同在《一报还一报》（Measure for Measure）中那样，莎士比亚探讨了正义和仁慈之间的张力，此处即《旧约》（Old Testament）中犹太律法主张的"以眼还眼"与《新约》（New Testament）中基督教主张的仁慈宽容之间的张力。夏洛克依据《旧约》的文字拒绝仁慈，鲍西娅则依据法律的文字反戈一击，根据对方的主张推论，"恰好一磅肉"意味着不能让威尼斯人流一滴血，也不准割得超过或是不足一磅的重量。然而，如果仁慈不能强求，信仰同样不应该被强制改变：夏洛克被迫改信基督教的情节为全剧平添了几分苦涩的意味。

商业活动是威尼斯的名声所在，而筹集资金主要依靠借款。基督教反对高利贷，反对需要付利息的借款。犹太放债人是早期近代欧洲打破这一僵局的开路人。尽管威尼斯的犹太人为城市经济之轮的运转加油助力，仍然不得不在政府的强制下居住于著名的犹太人区。莎士比亚没有提及犹太人居住区，但是揭示了犹太人的生活方式：夏洛克拒绝安东尼奥等人的宴请时说，"[我可以]陪你们买，陪你们卖，陪你们闲聊，陪你们消遣，如此这般，我都奉陪，但我就是不能陪你们吃，陪你们喝，也不能陪你们做祷告。"社会交往和商业运作可以发生在不同的种族和宗教群体之间，但是每个群体都有属于自己的修行方式与信仰习俗。夏洛克不与基督教徒一同吃饭，是因为他的宗教不允许吃猪肉；然而，他与基督徒的根本分歧在于利益而非信仰。他恨安东尼奥，"我恨他因为他是个基督教徒，/ 我更恨这下贱蠢货干出蠢事，/ 借钱给别人却分毫利息不图，/ 咱威尼斯放债行只好压低利率。"

剧中基督徒的行为体现了对犹太人先入为主的偏见。夏洛克被吐口水只因为他是一个犹太人。巴拉巴（Barabas）是马洛早几年创作的戏剧《马耳他的犹太人》中的人物，是陈式化的典型犹太人——爱财如命（虽然他确实也爱女儿）。与其他典型的犹太人形象不同的是，莎士比亚笔下的夏洛克在对白中体现出超越了种族鸿沟的普遍人性：

> 他羞辱过我，还害我少赚了几十万元。我亏损他幸灾乐祸，我盈利他冷嘲热讽。他鄙视我的民族、挡我的财路、离间我的朋友、鼓动我的仇人，他为什么要这样做？就因为我是一个犹太人。犹太人不长眼睛吗？犹太人没有手、面貌、身体、知觉、情感、情绪吗？犹太人吃同样的饭食，被同样的武器袭击也会受伤，生同样的疾病，治病的方法没有差别，同样有冬冷夏热的感觉，这些不是和基督徒一样吗？如果你刺我们，我们不会流血吗？你若搔我们的痒处，我们不会笑吗？你给我们下毒，我们不会被毒死吗？

在伊丽莎白时期的英格兰，识别女巫的方法是刺破她的拇指，如果没有鲜血流出来，说明她是魔鬼的同盟者。夏洛克说，"如果你刺我们，我们不会流血吗？"，意在表明，"不要妖魔化犹太人，我们和巫师不同"。"以恶制恶是你们教会我的，我要把它付诸行动"。他的意思是：既然你们认为我是魔鬼，那么我就按魔鬼的风格行事。作为被排斥、被欺压的少数族群，他除了反抗别无选择。"如果你使我们蒙受冤屈，我们不应该报复吗？"这就是"以眼还眼"的犹太律法和"转另一边脸由人打、以示仁慈"的基督教观念之间的分歧所在。

作为著名的反面人物，夏洛克在欧洲反犹太主义的骇人历史上发挥了一定的作用。不过，对夏洛克形象的这种解读必然忽略了莎士比亚所塑造的人物性格的微妙之处。指环不仅是鲍西娅和尼莉莎用来从语言与思想上胜过各自丈夫的道具，还赋予了夏洛克人性的光芒，蕴含了夏洛克与过世妻子之间美好的回忆：

**杜伯尔**　他们当中有个人给我看了一枚戒指，说是你女儿用它换了一只猴子。

**夏洛克**　那该死的东西！你简直是在折磨我，杜伯尔，那是我的绿松石戒指，是我的妻子莉娅在我们婚前送我的。即使别人给我一群猴子，我也不愿换掉它。

## 参考资料

**剧情：** 威尼斯商人安东尼奥借给朋友巴萨尼奥三千金币，帮助他向贝尔蒙特——一个远离威尼斯的乡村贵族庄园——一位继承了万贯家财的美丽女郎鲍西娅求婚。但是，安东尼奥自己的钱用于投资，要等出海的商船安全归来才能收回，身边已无余钱，因此他向夏洛克——一个之前因其放高利贷被他斥责过的犹太放债人借钱。夏洛克同意借钱，但是附加一个条件：如果安东尼奥不能于约定的日期还钱，夏洛克有权从他身上割下一磅肉。而另一方面，鲍西娅的父亲留下遗嘱，要她嫁给在三个盒子，即金盒、银盒和铅盒之间做出正确选择的追求者。来自摩洛哥和阿拉贡的追求者都失败了，而巴萨尼奥选了铅盒，求婚成功。他的朋友葛莱西安诺同时娶到鲍西娅的侍女尼莉莎。有消息传来，安东尼奥的商船悉数失事，无钱付债。夏洛克在法庭上当着公爵的面坚持要割掉安东尼奥一磅肉。瞒着各自的丈夫，鲍西娅扮作成年轻的律师为安东尼奥辩护，而尼莉莎扮作书记员。在法庭上，鲍西娅的辩护策略很聪明，她同意夏洛克从安东尼奥身上割下一磅肉，但是不可以让安东尼奥流一滴血；她主张以谋害威尼斯市民的罪名处死夏洛克。公爵赦免了夏洛克死罪，没收其一半财产，并将另一半财产赠送给安东尼奥。安东尼奥没有接受夏洛克的另一半财产，条件是夏洛克改信基督教，并把这笔财产留给夏洛克的女儿杰西卡，后者因为与信基督教的罗兰佐私奔而被夏洛克剥夺继承权。鲍西娅和尼莉莎设计了"指环事件"，以辩护的代价为名要走了他们曾发誓永远不离开身边的结婚戒指。她们戏弄了各自的丈夫，取得了婚姻中的主导权。最终传来了安东尼奥的商船满载而归的好消息。

**主要角色：**（列有台词行数百分比/台词段数/上场次数）鲍西娅（22%/117/9），夏洛克（13%/79/5），巴萨尼奥（13%/73/6），葛莱西安诺（7%/58/7），罗兰佐（7%/47/7），安东尼奥（7%/47/6），朗斯洛特·高波（6%/44/6），萨莱尼奥（5%/31/7），摩洛哥亲王（4%/7/2），尼莉莎（3%/36/7），杰西卡（3%/26/7），萨拉里诺（2%/20/5），公爵（2%/18/1），阿拉贡亲王（2%/4/1），老高波（1%/19/1）。

**语言风格：** 诗体约占80%，散体约占20%。

**创作年代：** 1598年7月为出版而注册登记，1598年弗朗西斯·米尔斯（Francis Meres）的莎士比亚喜剧名目中列出该剧；剧中将安东尼奥的商船称为"安德鲁"号，影射1596年末或1597年初西班牙大商船"圣安德鲁"号搁浅后在加迪斯港被英格兰远征军缴获的政治事件。

**取材来源：** 以借债人身体的某个部位作为借据担保是古代以及中世纪许多民间故事的主题。意大利人乔瓦尼·菲奥伦蒂诺爵士（Ser Giovanni Fiorentino）所写的短篇小说集《傻瓜》（*Il Pecorone*，意大利语，1558年出版，没有英文译本）中的一则故事是重要来源，与《威尼斯商人》相似的元素有：故事发生的背景设在威尼斯；以追求"贝尔蒙特的女士"作为主人公需要钱财的理由；借据并非主人公亲自经手，而是由其朋友代为签署；都有犹太放债人这个人物；女士变装成为男性律师前往威尼斯出庭辩护并主张借据担保未约定允许流血等。之后，16世纪70年代成书的一部英国戏剧《犹太人》（*The Jew*）应该也是该剧故事的来源之一，但现已遗失。夏洛克这一人物以及他的女儿与基督徒私奔的情节受克里斯托弗·马洛极其成功的戏剧《马耳他的犹太人》（约1590年）影响甚深。选匣定亲是另一个古老的故事主题，有关这一主题，与《威尼斯商人》写作时间最接近的是中世纪名为《罗马人的行为》（*Gesta Romanorum*）的故事集（理查德·鲁宾逊 [Richard Robinson] 译成英文，1577年出版，1595年修订版中出现 insculpt 一词 [意为"雕刻"]，非常少见，莎士比亚在摩洛哥亲王的对白中也使用这一词汇）。

**文本：** 1600年出版《威尼斯商人》第一四开本，因其极有可能是按莎士比亚本人的原稿付印，而被称为"善本四开本"；1619年重印，作了一些更正，但也新添了几处错误。1623年第一对开本的《威尼斯商人》出版，底本是1600年的第一四开本，但做了一些必要的校正修改，而且，很明显按照剧团的演出脚本，增加了一些舞台提示，包括音乐提示。我们以第一对开本为权威依据，同时参考四开本，纠正了对开本的几处印刷错误。唯一严重的文本问题与几名威尼斯绅士有关，戏剧界将他们合称为"萨莱们（the Salads）"。他们的名字是"萨拉里诺（Salarino）"和"萨莱尼奥（Solanio）"（版本不同，名字缩写也各有区别，比较普遍的写法是Sal. 和 Sol.），最初出现在上场提示和对话标题里，但是从来没出现在戏剧对白中，因此观众不认得。也许是因为疏漏，对开本弄反了戏剧开场时二人的对话标题。在第三场第二幕，出现一名为"萨莱里诺（Salerio）"的绅士，以"威尼斯来的信差"的身份来到贝尔蒙特；他的名字在对白中被提到，因此成为观众可以辨别的角色。"萨莱里诺（Salerio）"是第三名绅士？还是"萨拉里诺（Salarino）"和"萨莱尼奥（Solanio）"两个角色的综合？或者，更有可能的是，莎士比亚根本已经忘了最早出现的那个名叫"萨拉里诺（Salarino）"的角色？在四开本中，接下来的一场戏里，"萨莱里诺（Salerio）"与安东尼奥和夏洛克一起在威尼斯。这也应该是一处错误，因为他刚刚与巴萨尼奥一同离开贝尔蒙特。对开本很聪明地将第三幕第三场的上场提示改为"萨莱尼奥（Solanio）"。第四幕第一场，"萨莱里诺（Salerio）"和巴萨尼奥一同回到威尼斯。一些版本与演出刻意保留了"萨拉里诺（Salarino）"、"萨莱尼奥（Solanio）"和"萨莱里诺（Salerio）"三个名字，但是"萨拉里诺（Salarino）"与"萨莱里诺（Salerio）"似乎是指同一个角色，只是拼写不同，这也是我们这个版本认可的假设。

乔纳森·贝特（Jonathan Bate）

# 威尼斯商人

**安东尼奥**，威尼斯商人
**巴萨尼奥**，安东尼奥的朋友，鲍西娅的求婚者
**罗兰佐**，安东尼奥和巴萨尼奥的朋友，杰西卡的恋人
**葛莱西安诺**，安东尼奥和巴萨尼奥的朋友
**萨莱尼奥**
**萨拉里诺** } 安东尼奥和巴萨尼奥的朋友
**里奥那多**，巴萨尼奥的仆人
**鲍西娅**，富家嗣女
**尼莉莎**，鲍西娅的侍女
**鲍尔萨泽**，鲍西娅的仆人
**斯丹法诺**，鲍西娅的仆人
**阿拉贡亲王**，鲍西娅的求婚者
**摩洛哥亲王**，鲍西娅的求婚者
**夏洛克**，威尼斯犹太富翁
**杰西卡**，夏洛克的女儿
**杜伯尔**，犹太人，夏洛克的朋友
**朗斯洛特·高波**，小丑，先为夏洛克的仆人，后为巴萨尼奥的仆人
**老高波**，朗斯洛特的父亲
威尼斯**公爵**
威尼斯众士绅
狱卒一人，侍从、仆人各数人

# 第 一 幕

## 第一场 / 第一景

威尼斯
安东尼奥、萨莱尼奥与萨拉里诺上
**安东尼奥**　　我真不知晓，为何愁绪难消，
　　　　　　我烦恼，你也道此愁伤怀抱。
　　　　　　愁因何起，何故、何径而昭？
　　　　　　由何道出生？凭何物而造？
　　　　　　我待要细斟慢考。
　　　　　　无故寻愁令我成傻蛋草包，
　　　　　　思肠百结，参不破自家堂奥。
**萨拉里诺**　　阁下情连海上艨艟，意逐波涛，
　　　　　　与满帆商船共舞，道是心旌飘摇，
　　　　　　实则富如巨绅，俨然海霸在洋潮，
　　　　　　似鹤立鸡群，展风帆双翅而破浪
　　　　　　飞掠群舟，群舟遂颠荡剧跳，
　　　　　　那跳荡宛若向阁下商船
　　　　　　纷纷表敬意，点头且哈腰。
**萨莱尼奥**　　信我，兄曹，若我于海道
　　　　　　亦有如此商贸，我必也会
　　　　　　魂牵梦绕，必也会夜夜朝朝
　　　　　　拔草观测风向，必也会依图
　　　　　　查找码头、港口、水道。

|  | 凡与我商船相关，无论纤毫， |
|---|---|
|  | 若可能对其中货物有损， |
|  | 都必令我愁锁眉梢。 |
| **萨拉里诺** | 一想到海上风暴太难料， |
|  | 或致天灾，这呵粥之气， |
|  | 亦可吹得我，体发高烧。 |
|  | 不忍见沙漏时计悄然跑， |
|  | 总令我似亲睹海畔沙礁， |
|  | 我那满载之船"安德鲁"号， |
|  | 竟陷落泥沙，桅樯摧折， |
|  | 徒吻着令其葬身的沙潮。 |
|  | 我若置身教堂，睹石造 |
|  | 神圣大厦，总立刻想到 |
|  | 险石暗礁，那脆弱船舷， |
|  | 只消碰上，必船翻桅倒， |
|  | 潮卷香料，绸缎葬波涛。 |
|  | 一句话，适才还价值连城， |
|  | 转眼似梦破冰消？这预料 |
|  | 既出自我心，我心岂不烦恼， |
|  | 只恐预想成真？这我知晓， |
|  | 你无须赘述，这安东尼奥， |
|  | 无非因惦念货物而烦恼心焦。 |
| **安东尼奥** | 不，信我；我一向福星高照， |
|  | 从不用孤船为买卖成败作保， |
|  | 亦从不止一个开源生财之道； |
|  | 今年纵有损，难损全部家当， |
|  | 故我忧愁并不源自我的商贸。 |

| 萨拉里诺 | 嗨，那您一定是因情场中招。 |
| 安东尼奥 | 呸！胡说八道！ |
| 萨拉里诺 | 不因情场伤怀？好，听我道， |
| | 索阁下愁因，只因兴致不高； |
| | 你何妨又笑又跳，自谓逍遥， |
| | 说是无愁恼。凭两面神[1]发誓， |
| | 当初造化生人，堪称奇妙： |
| | 有人像鹦鹉见了风笛乐师， |
| | 老是傻乎乎眯缝了双眼笑； |
| | 有人却终日眉头紧锁，即使 |
| | 涅斯托耳[2]保证可笑的笑料， |
| | 他听了也不肯露齿笑一遭。 |

巴萨尼奥、罗兰佐与葛莱西安诺上

| 萨莱尼奥 | 您那最尊贵的亲戚巴萨尼奥， |
| | 和葛莱西安诺与罗兰佐都已到。 |
| | 少陪；您现在正好有客同聊。 |
| 萨拉里诺 | 若非因为您有嘉宾相陪左右， |
| | 真想多待片刻为您解愁消忧。 |
| 安东尼奥 | 二位厚谊，我素来珍藏心头。 |
| | 此刻告辞，必因有急务在身， |
| | 今正好借来客机会巧妙分手。 |
| 萨拉里诺 | 早安，诸位爵爷。 |
| 巴萨尼奥 | 两位早安，何日里咱重欢聚首？ |
| | 何日？久别情疏，怎见面即走？ |

---

[1] 两面神（two-headed Janus）：古罗马神雅努斯，前后各有一张脸。
[2] 涅斯托耳（Nestor）：特洛伊战争中的将领；智慧过人，深孚众望，但平时不苟言笑。

**萨拉里诺**　　他日得暇,我等必叨陪伺候。　　　　萨拉里诺与萨莱尼奥下
**罗兰佐**　　　巴萨尼奥爵爷,有安东尼奥相伴,
　　　　　　　请允许我等告退;但我郑重恳求,
　　　　　　　请您牢记,吃饭时咱在哪儿碰头。
　　　　　　　巴萨尼奥与我必如约而到。
**葛莱西安诺**　安东尼奥,您面如愁云笼罩,
　　　　　　　世事沧桑,又何须过度计较;
　　　　　　　以千虑谋福,福禄终须失掉。
　　　　　　　信我言,阁下已无往昔风骚。
**安东尼奥**　　葛莱西安诺,我把这人世只当人世看,
　　　　　　　人世无非大剧院,人皆戏子台上演,
　　　　　　　悲剧角色我分担。
**葛莱西安诺**　小丑角色我来扮。
　　　　　　　哈哈哈,人生不觉到衰年;
　　　　　　　宁用温酒一壶,暖我心肝,
　　　　　　　不用催命长叹,冻我心田。
　　　　　　　分明是血气方刚一壮汉,
　　　　　　　何苦要学祖宗雕像坐墓园?
　　　　　　　分明睁着眼,却似睡一般,
　　　　　　　常翻脸惹出病黄疸,安东尼奥——
　　　　　　　是诤友,我忍不住对你吐忠言——
　　　　　　　这世间,有种人,脸色太死板,
　　　　　　　表面声色不动,宛若死水一潭,
　　　　　　　强撑持一副寡言少语缄默相,
　　　　　　　苦心经营,只为得众人一声赞,
　　　　　　　赞其有智、有庄严、识博思渊;
　　　　　　　瞧其神态俨然:"我有神谕待宣,

　　　　　　　我但启齿，天下群犬只许默然！"
　　　　　　　啊，我的安东尼奥，我看透此辈
　　　　　　　之所以赢得慧名，远播天边，
　　　　　　　秘诀只在闭口不言；但我敢推断，
　　　　　　　他们但开口，闻者必骂声"傻蛋"，
　　　　　　　并因受此骂拖累，掉下地狱深渊。[1]
　　　　　　　他日有暇，我当再告此类笑话；
　　　　　　　切莫将愁思怨绪当钓饵置钩端，
　　　　　　　去枉钓那无聊的名誉和称赞。
　　　　　　　来吧，好罗兰佐。咱回头见；
　　　　　　　等吃完饭，我再结束苦口良言。
**罗兰佐**　　（对安东尼奥与巴萨尼奥）
　　　　　　　那好，咱们在吃饭时再碰头。
　　　　　　　我命该做寡言少语的聪明汉，
　　　　　　　因为葛莱西安诺夺去我发言权。
**葛莱西安诺**　嘿，你只要花两年与我做做伴，
　　　　　　　我保你最后说话变得五音不全。
**安东尼奥**　　再见，看来我也得学会能言善辩。
**葛莱西安诺**　对呀：沉默寡言有时也理所当然，
　　　　　　　腌牛舌和待嫁老姑娘只好这么办。　葛莱西安诺与罗兰佐下
**安东尼奥**　　他这番话是不是有点意义了？
**巴萨尼奥**　　葛莱西安诺擅长于废话连篇，全威尼斯城无人敢与比肩。他的大道理就像两颗麦粒藏于两桶麦麸，找到它们要花掉你整天的工夫。等你找到了这所谓的大大的道理，才发现它们原来大大地不值。

---

[1] 根据《圣经·新约·马太福音》第5章第22节："凡骂弟兄是魔利的，难免地狱的火。"

| | |
|---|---|
| 安东尼奥 | 好,您告诉我谁是那姑娘, |
| | 您曾发誓要对她秘密拜访, |
| | 也曾许诺要对我诉说端详。 |
| 巴萨尼奥 | 安东尼奥,您本应知我状况, |
| | 我表面铺张只为了维持排场, |
| | 微薄家资其实早就难以为继, |
| | 产业荒废,手中钱财挥霍光。 |
| | 家道已中落,不复当初辉煌, |
| | 节衣缩食我无怨,只觉忧伤 |
| | 我过去挥金如土,欠下 |
| | 笔笔巨债,很难体面清偿。 |
| | 无论钱财或友谊,安东尼奥, |
| | 我欠您太多;因您情怀坦荡, |
| | 我才敢推心置腹道出我衷肠, |
| | 为还清我久欠您的一切债务, |
| | 我胸有种种计划和般般设想。 |
| 安东尼奥 | 好巴萨尼奥,求求您对我讲。 |
| | 只要您的想法跟您的为人一样 |
| | 体面、光明,那么,我的钱囊、 |
| | 我的资源,还有我这个人本身, |
| | 全都向您敞开,玉成您的理想。 |
| 巴萨尼奥 | 在求学时代,若我丢失一支箭, |
| | 我会把同类箭射向同一个方向, |
| | 以同样方式,看准箭落的地方, |
| | 于是将失箭找回;虽两次冒险, |
| | 结果双箭均归。童年事重张扬, |
| | 只因我下面所讲与此童趣相当。 |

我欠您巨款，像浪荡孩童一样，
把借款花光。如您以同样方式
射出第二箭，朝着第一箭方向，
那我担保看准目标，找回双箭，
或至少让第二风险箭去而不亡。
这样，即使还有前箭之债未付，
后箭之恩尤令我对您感激非常。

**安东尼奥** 您熟知我为人，却白费时光
试探我友谊，转弯儿打比方；
您要是怀疑我不肯尽力帮忙，
这比您挥霍尽我所有的财富
还要实实在在地更使我心伤。
您只消对我言，据您的考量，
我该如此如此，这般这般，
我便立刻给您办到。请讲！

**巴萨尼奥** 在贝尔蒙特有一位富家女郎，
她实在太美，美得无法可讲。
要说起贤惠，更是举世无双。
她流盼之目曾对我脉脉传情。
鲍西娅呀，布鲁图的美娇娘，
加图之女[1]，也绝不比她更强。
大千世界，不敢漠视她价值，
四面清风，在处处海岸吹扬，
吹来显赫求婚者；她一头长发，

---

1 布鲁图的美娇娘，加图之女：指公元前 1 世纪罗马政治家布鲁图（Brutus）的妻子，她是公元前 2 世纪罗马政治家加图（Cato）的女儿，名字也叫鲍西娅。

额前披覆恰似金羊毛[1]闪闪发光。
她所在之地成了科尔喀斯海岸，
无数的伊阿宋为探宝来此异乡。
安东尼奥啊！我所拥有的财力，
若能与他们中无论哪个人相当，
我胸中预感告诉我有胜算在握，
我一定会运交华盖，偕美归乡。

**安东尼奥** 你知道我全部家当都在海上；
我既无现钱，也无货物抵偿
一笔借款，我们来活动一下吧，
看我的信用能否在此派上用场，
我一定以最大的信用助您造访
贝尔蒙特那美貌的鲍西娅姑娘。
去，马上去打听，您去我也去，
哪里有钱，我就必到哪里赊账，
一凭我的信用，二凭我的声望。　　　　　同下

---

1　金羊毛（golden fleece）：古希腊神话提到在黑海之滨科尔喀斯（Colchos，又作Colchis）有橡树圣林，林中有金羊毛。古希腊英雄伊阿宋不辞千难万险到达科尔喀斯海岸，最终取得金羊毛。

## 第二场 / 第二景

贝尔蒙特

鲍西娅与其侍女尼莉莎上

**鲍西娅** 说真的，尼莉莎，我这娇小的身体已经烦透了这广阔的世界了。

**尼莉莎** 好小姐啊，要是一个人遇到的好运和厄运本来就该一样多，那您当然就该有大烦恼喽。可是，我有我的看法：撑得太饱和饿得太过，病情是一样的严重。所以凡事取中庸态度，必有不小的福报！嗜欲过度，白发早衰；蔬食布衣，益寿延年！

**鲍西娅** 金玉良言啊，说得真好！

**尼莉莎** 说得好不如做得好。

**鲍西娅** 要是知道什么是行善和实际上行善同样容易，那么小教堂就会变成大教堂，穷人棚就会变成王侯宫了。好牧师一定是言行一致的人。教导二十个人如何行善是容易的，做二十个人中之一去如法行善就不容易了。理智的头脑可以设定规则约束激情，可是急性子常常会触犯冷酷的戒条——青春的疯狂犹如野兔，会跳越过老年人良言的罗网。可是，这种冷静的思考绝非我择偶的良策。啊，天！说什么"择偶"！我既不能择我之所欲择，又不能拒我之所不欲，活女儿受制于已故父亲的遗愿。尼莉莎啊，我既不能择偶，也不能拒偶。这要求是不是太苛刻了？

**尼莉莎** 老太爷德行高远，堪为圣人，弥留之际，必有灵感骤至。他既然定下这抽签取决的办法，只要谁能从金银铅三匣之

|  |  |
|---|---|
|  | 中选对他心目中的那个匣子,就可以跟您成亲,那他的设计一定会包您获得您倾心相爱的如意郎君。对这些捷足先登来求婚的王孙公子,姑娘究竟对谁中意呢? |
| 鲍西娅 | 请你点点他们的名字,我会按你点到的姓名依次加以描述,从我的描述,你就知道我对他们是什么感觉了。 |
| 尼莉莎 | 第一个是那不勒斯亲王。 |
| 鲍西娅 | 呃,此君如傻乎乎的马崽,因为他老是马呀马的,讲个没完。他自认为本事天大,竟然能够给他的马装上铁马掌。我很疑心他母亲从前跟什么铁匠有点不明不白的关系。 |
| 尼莉莎 | 那位巴拉廷伯爵如何? |
| 鲍西娅 | 他总是眉头紧锁,好像说,"你要是不爱我,请便吧。"他听了笑话也不露笑脸。他才这把年纪,就总是成天愁眉苦脸,我怕他老来一定是个哭鼻子的老学究[1]。我宁愿嫁给一个口含骨头的骷髅,也不愿嫁给这两人中的任何一个。上帝保佑我别栽在这两个家伙手里! |
| 尼莉莎 | 那么,法国贵族妙妙[2]先生怎样呢? |
| 鲍西娅 | 上帝把他给造出来啦,我们就姑且把他当人看吧。说真的,我知道笑话别人是罪过。可他这个人啊!唉!他的马据说比那不勒斯亲王的马更棒,就连他皱眉的坏习惯也会让那位巴拉廷伯爵甘拜下风。什么人的特点他都有一点,可就是没有他自己的特点;画眉一唱歌,他就应声而舞;见了自己的影子,他也会拔剑与之格斗。我要是嫁给他,就等 |

---

1 哭鼻子的老学究:据说古希腊哲学家赫拉克利特(Heraclitus)以忧郁著称。
2 妙妙:原文法语 Le Bon 意为"妙"、"好",音译为"勒邦",故 the French lord, Monsieur Le Bon 亦可译作"法国贵族妙妙先生",有谐谑意味。——译者附注

|  | 于是嫁给了好多个脾气各异的丈夫[1]；即使他鄙视我，我都会谅解他，因为我怕他爱我爱到发疯，那我可是绝无回报之方的。 |
|---|---|
| 尼莉莎 | 那个英国青年男爵福康勃立琪又怎样呢？ |
| 鲍西娅 | 你知道我还没有和他说过一句话，因为他听不懂我的话，我也听不懂他的话；拉丁语、法语、意大利语，他一概不通；至于我英语的蹩脚程度，你拿到法院里当铁证讲都是可以的。他的长相倒还有点吸引人，可是，唉！谁有能耐只靠比比划划跟人交谈呀？他穿得多么稀奇古怪！我想他的紧身衣是意大利货，他的短裤是法国货，他的帽子是德国货，而他的做派呢，该是来自五湖四海了。 |
| 尼莉莎 | 您觉得他那位邻居苏格兰贵族怎样？ |
| 鲍西娅 | 此公颇懂睦邻交友之道，那个英格兰人曾赏给他一记耳光，他呢，发誓说，他日有缘，必当奉还；我想那法国人已经替他作保[2]，签字画押，以确保将来偿还另外一记耳光。 |
| 尼莉莎 | 萨克逊公爵的侄子呢，那位德国少爷如何？ |
| 鲍西娅 | 早上清醒的时候，他就已经相当卑劣；下午喝醉了酒，他可就卑劣透顶了；就算他最好的时候，离人格都有点距离；而当他最差的时候，那就离畜生不远了。要是最不幸的事情落到我头上，我希望我有办法甩掉他。 |
| 尼莉莎 | 要是他要求抽彩，并且选中了预定的匣子，您却拒绝嫁他，岂不是有违令尊遗命？ |
| 鲍西娅 | 我就是怕出现这种坏结局，所以要你在没彩的匣子上放满满一杯莱茵河葡萄酒；要是这酒鬼内有酒兴，外有酒饵， |

---

1 好多个脾气各异的丈夫：原文字面意思是"二十个丈夫"。
2 法国人已经替他作保：苏格兰常与法兰西结盟对付英格兰。——译者附注

|  |  |
|---|---|
|  | 我相信他一定会选这没彩的匣子。尼莉莎啊，只要能不嫁给这么个酒鬼，我什么事情都愿意做。 |
| 尼莉莎 | 小姐，放心吧，您不必害怕会嫁给这些贵族中的任何一个啦。他们已经把他们的决定告诉了我，说要是除了您父亲规定的选匣办法外不能使用别的手段得到您的话，他们就决定回国，不再以求婚相扰了。 |
| 鲍西娅 | 若没人愿意按照先父遗命娶我，那我即便长命如西比拉[1]，临终时也一定童贞长保如狄安娜[2]。我很高兴这一群求婚者都这么通情达理，因为他们个个都是我希望去之唯恐不速的；祝他们一路顺风！ |
| 尼莉莎 | 小姐，不知您还记得不，老爷在世时，有一个能文能武的威尼斯商人来过？是蒙特费拉侯爵陪着到这儿来的？ |
| 鲍西娅 | 记得，记得，他叫巴萨尼奥；我想是该这么叫他。 |
| 尼莉莎 | 对啦，小姐；在我这笨眼看见过的一切男子中，他是最配得上一位佳人的。 |
| 鲍西娅 | 他给我印象确实很深，他的确值得你夸奖。 |
| 一男仆上[3] |  |
| 仆人 | 小姐，那四位客人求见，说是要向小姐辞行；此外，第五位客人摩洛哥亲王的一个信差也来了，说他的主人亲王殿下今晚到达此处。 |
| 鲍西娅 | 欢送这四位客人真叫我心花怒放，要是欢迎这第五位客人也给我这样的好心情，我倒真高兴此人的光临。若他虽有 |

1 西比拉（Sibylla）：意大利库迈（Cumae）的女祭司。阿波罗（Apollo）曾许她长寿之命，声言她手中的沙子有多少粒，她就可以活多少岁。可惜她忘了同时要求青春，结果越来越老迈。
2 狄安娜（Diana）：罗马神话中的贞节女神。
3 其他版本多有鲍西娅的一句台词：啊！什么事？——译者附注

圣徒之行，却长着妖魔之貌，那么与其让他娶我为妻做我丈夫，还不如让他做听我忏悔的神父。快，尼莉莎。——（对男仆）喂，你且先行。送归客我待把门户闭紧，谁承料叩门求婚又一轮。 　　　　　　　　　　　同下

## 第三场　/　第三景

威尼斯
巴萨尼奥与犹太人夏洛克上

**夏洛克**　　三千块金币，嗯。
**巴萨尼奥**　是的，先生，借期三个月。
**夏洛克**　　借期三个月，嗯。
**巴萨尼奥**　我对你说过，安东尼奥一定为此作保。
**夏洛克**　　安东尼奥作保，嗯。
**巴萨尼奥**　你愿助我一臂之力吗？你会答应我吗？我可否知道你的答复？
**夏洛克**　　三千块金币，借期三个月，安东尼奥作保。
**巴萨尼奥**　请给我答复吧。
**夏洛克**　　安东尼奥可是个好人哪。
**巴萨尼奥**　难道有人说过相反的话？
**夏洛克**　　啊，没有，没有，没有，没有！我说他是好人，是要你明白他是有些财产的人。不过他的财产有点不可靠：他有一艘商船开往的黎波里[1]，还有一艘开往西印度群岛。我在商

---

1　的黎波里（Tripolis）：北非港口，现属利比亚。

务交易所里时，还得知他有第三艘船在墨西哥。第四艘呢，驶往英格兰去了。他在海外各地还有些零星的买卖；可是船毕竟只是些木板，水手也只是些普通人。要知道岸上有鼠，水中也有鼠；岸上有贼，水中也有贼——我说的是海盗——此外还有危险啊，风险、水险、礁石险。不过话又说回来，他这个人倒还算是有点资产的。三千块金币，我想我可以把钱借给他。

**巴萨尼奥**　你尽管放心好了。

**夏洛克**　我一定要万无一失才行。只要我万无一失了，我就考虑借钱这件事。我可以跟安东尼奥谈谈吗？

**巴萨尼奥**　只要你乐意跟我们一起吃一顿饭。

**夏洛克**　乐意啊，乐意闻猪肉味，乐意吃你们拿撒勒先知让魔鬼附体的脏身体！[1] 陪你们买，陪你们卖，陪你们闲聊，陪你们逍遥，如此这般，我都可以奉陪，但我就是不能陪你们吃，陪你们喝，也不能陪你们做祷告。商务交易所有什么新闻？来者是谁？

*安东尼奥上*

**巴萨尼奥**　这位就是安东尼奥先生。

**夏洛克**　（*旁白*）他看起来多像个腐败的税吏！
　　我恨他因为他是个基督教徒，
　　我更恨这下贱蠢货干出蠢事，
　　借钱给别人却分毫利息不图，
　　咱威尼斯放债行只好压低利率。
　　有朝一日我要是抓住他的短处，

---

[1] 《马太福音》第 8 章第 28 至 32 节记述拿撒勒人耶稣让两个人身上的恶魔附到猪身上去。因而犹太人不吃猪肉。——译者附注

> 我一定要痛快地把这旧仇报复。
> 他憎恨我们神圣的民族，甚至
> 在商人会集之地将我当众侮辱——
> 骂我的买卖和我的收入与辛苦，
> 骂我牟取暴利。我要是饶了他，
> 那咱这民族的大耻就永世难除。

**巴萨尼奥** 夏洛克，你听见我说的话了吗？

**夏洛克** 我正在盘算手中的现款数目，
我大概记得的款项不可高估，
要想临时把三千块金币凑齐，
我一时爱莫能助。不过放心，
本族犹太富翁杜伯尔会凑足
这笔数目；等等！您的借期
是几个月？——（对安东尼奥）您好，先生。
刚提到尊驾，尊驾就已现身。

**安东尼奥** 夏洛克，我跟别人互通有无，
借进借出，利息不收不付，
然而这次为了我朋友的急需，
我要破例一回。——（对巴萨尼奥）你已经告诉他
你所需的数目？

**夏洛克** 嗯，嗯，三千金币。

**安东尼奥** 三月为期。

**夏洛克** 我倒是忘了——三月为期——
您说过的。好，借据。我的意思，
您听着，您好像说过您借进借出，
都从不讲利息。

**安东尼奥** 我从不讲利息。

| | |
|---|---|
| 夏洛克 | 当雅各替他的舅父拉班牧羊之时—— |
| | 这个雅各是我们圣祖亚伯兰[1]后裔, |
| | 靠他聪明母亲为他算计,他终于 |
| | 成了第三代族长,是的,第三代—— |
| 安东尼奥 | 提他干吗?他曾收取利息吗? |
| 夏洛克 | 不,不是收取利息,不是如你所言 |
| | 直接取利。您看雅各用的啥手段: |
| | 他让拉班跟他来了个有言在先, |
| | 若生下的小羊身上有条纹斑点, |
| | 就作为雅各牧羊的工薪和财产; |
| | 一到了晚秋,淫情勃发的母羊 |
| | 跟公羊交合,趁它受精的时间, |
| | 狡狯的雅各将削好了的木棒, |
| | 插在淫浪多产的母羊面前, |
| | 母羊目睹这样的木棒怀孕, |
| | 一直到生产,产下的小羊 |
| | 身上便都有了条纹和斑点, |
| | 于是雅各都收归为家财。 |
| | 这是致富妙招,上帝也会称赞; |
| | 只要不偷不抢,天理也爱赚钱。 |
| 安东尼奥 | 雅各所为不过是在盲目冒险, |
| | 凭他的能耐根本不可能兑现; |
| | 是上天的意旨在把他成全。 |
| | 你这话是要证明取利天公地道? |

---

1 亚伯兰(Abram):又名亚伯拉罕(Abraham)或易卜拉欣(Ibrahim),是犹太教、基督教和伊斯兰教的先知,同时也是传说中希伯来民族和阿拉伯民族的共同祖先。——译者附注

|||
|---|---|
| | 还是说金银如公母羊可交配生产？ |
| 夏洛克 | 我说不好；我是想让金银尽快<br>繁殖产卵。先生，您先听我说—— |
| 安东尼奥 | 你听，巴萨尼奥，魔鬼也会引<br>《圣经》来替自己的目的诡辩。<br>邪恶的灵魂，却有神圣的证言，<br>十足的恶棍，却有和蔼的笑脸，<br>烂心的苹果，却有漂亮的外观。<br>唉，真个败絮其中，金玉其面！ |
| 夏洛克 | 整整三千金币啊，数目可观。<br>一年十二月，那，三个月利钱—— |
| 安东尼奥 | 对，夏洛克，这次你就赏个脸？ |
| 夏洛克 | 安东尼奥先生，不知有多少次<br>你在交易所里辱骂我财利双贪，<br>我总是耸肩强忍，不跟您争辩，<br>因为忍辱受难本是我民族特点。<br>您骂我歪门邪道，狗一样凶残，<br>对着我的犹太长袍，唾沫飞溅，<br>全都是因我能活用自己的财富。<br>结果呢，如今轮到您来求我啦；<br>好，求就求吧。您来到我面前，<br>说："夏洛克，我们需要点钱。"——<br>您这样说。您曾唾沫飞溅，吐<br>我胡须，把我当野狗踢出门槛，<br>可是现在的您呢，却问我借钱，<br>我该怎么回话？我是不是该说：<br>"难道一条狗还居然会有钱？ |

难道恶狗借得出金币三千？"
或者我该像奴才一样卑躬屈膝，
恭敬万分地低语在您的耳畔：
"大人先生阁下，您在上星期三
用唾沫吐我；有一天用脚踢我；
还有一天，您骂我像狗一样贱；
为了报答您这许许多多的恩典，
所以我理当向您出借这么多钱？"

**安东尼奥** 我今后恐怕还会这样骂你，
朝你吐唾沫，踢你出门槛。
哪有朋友之间通融几个钱
也想靠它生出钱崽子成串？
要是你同意把这钱借给我，
就当给仇人，而非朋友圈；
如果我在信用上有失检点，
你正好撕破脸随意开罚单。

**夏洛克** 哎哟，瞧您这脾气如雷鸣电闪！
我倒想与您为友，讨您的喜欢；
我把您对我的羞辱完全忘掉，
如数借给您所需现钱，利息，
一分不要，可您却不听我言：
枉负我好心一片。

**安东尼奥** 这倒果然是一片好心。

**夏洛克** 是不是好心我来给您铁证。
走，我们去找一个公证人，
当场就签下您的单人借据；
我们开个玩笑，假如您不能

>               在某时某地，按照借据规定
>               归还给我一笔某某数目的钱，
>               那就得随我的意思在您全身
>               任何部分割下整整一磅肉来，
>               作为您违约的罚金。
> **安东尼奥**    行，就这样；借据我一定签，
>               并且说犹太人还算真够交情。
> **巴萨尼奥**    我不要你为我签下这等契约，
>               我宁愿手头拮据、安守清贫。
> **安东尼奥**    老兄，别怕；我不会受罚的。
>               两个月之内我就有巨款进门，
>               九倍于眼下这笔借款的数目，
>               那时契约到期还有一月时辰。
> **夏洛克**     亚伯兰祖宗！瞧这些基督徒，
>               因为自己习惯了刻薄待人术，
>               便怀疑他人心思都别有所图！
>               您说，要是他真的到期不还，
>               我按约行罚，于我有何好处？
>               从人身上割下来的一磅人肉，
>               难道能够比一磅羊肉或牛肉
>               有更大用处或更能令人致富？
>               我卖个人情只为博取其欢心，
>               两厢情愿；不愿，各奔前途。
>               望诸位千万别将我赤诚误读。
> **安东尼奥**    好，夏洛克，这借据我愿签。
> **夏洛克**     那我们就在公证人家中会面，
>               告诉他这游戏契约如何直书；

|   |   |   |
|---|---|---|
|  | 我要即刻前去着手凑够钱数， |  |
|  | 还要回家瞅瞅，那粗心家奴 |  |
|  | 恐看不住门户。只片刻工夫， |  |
|  | 我就会来到公证处。 | 下 |
| **安东尼奥** | 哦，快去吧，善良的犹太人。 |  |
|  | 他心肠仁慈，快变做基督徒。 |  |
| **巴萨尼奥** | 我可不喜欢口蜜腹剑之辈。 |  |
| **安东尼奥** | 好了，此事无须忧虑踌躇， |  |
|  | 两月后我的船就返回故土。 | 同下 |

# 第 二 幕

## 第一场 / 第四景

贝尔蒙特
肤色黢黑的摩洛哥亲王身着白袍率侍从三四人上；鲍西娅率尼莉莎及扈从上。
喇叭奏花腔

**摩洛哥亲王** 切莫因肤色而拒我于爱的殿堂，
这肤色本源自火热耀眼的日光。
光里生光里长，我最靠近太阳。
让白肤汉子来吧，他身处北地，
日神之火烧不破那雪柱冰墙，
为向您示爱，我们愿割开血管，
蒙青眼鉴察谁之热血更红更亮。
听我言，小姐，我有相貌堂堂，
曾令壮士却步，我朝倾国千金，
曾因这肤色痴狂。凭真爱发誓，
我岂敢作易肤之想，除非必须
这样才可赢得芳心、独揽娇王！

**鲍西娅** 少女的直觉最能识别良偶佳郎，
但我倒并不单单凭信慧眼一双；
何况我的命运早已由抽签决定，
我实际上已毫无权力自作主张。
假如我父亲未曾对我横加限制，
以智谋让我只能照其规定妙方

委身于践行该法赢得我的男子，
那么您，名声远播他乡的亲王，
您与我见过的所有求婚者一样，
有同等的机遇匹配你相貌堂堂。[1]

**摩洛哥亲王** 如此看来，我还不是全无希望；
谢谢。就请您带我到彩匣之前
试我佳运。看，月牙宝刀在上，
我誓要赢得姑娘，这宝刀曾让
波斯王授首，让王子殒身沙场，
尽管这王子曾三败苏莱曼一世[2]，
虽凶悍目光，难敌我怒眼微芒，
便盖世勇将，难比我胆气无双，
我敢夺吮乳的小熊于母熊胸膛；
咆哮觅食之狮是我嘲弄之对象，
然而可叹啊！即便赫剌克勒斯
和其奴仆利卡斯掷骰子于赌场，
雌雄倒置，弱手反成大点胜方：
赫剌克勒斯竟是仆人手下败将。
我也许会有同类阴差阳错之运，
错失良偶，让不肖者抱玉拥芳，
自己却含悲而亡。

**鲍西娅** 您不得不冒险试运，

---

1 原文中有 fair 一词，此词有"公正的"和"漂亮的"的意思，是妙不可言的双关语。亲王自认为自己的黑皮肤和男子汉气概美妙动人。鲍西娅的回答机警之极。——译者附注
2 苏莱曼一世（Sultan Solyman）：奥斯曼帝国苏丹（1520-1566年在位），以其统治时期的军事力量和文化成就闻名，曾征战波斯，武功显赫。

|||||或者死心塌地断掉求婚之想。
|||||或者您得在选前立誓，若选错，
|||||终身不再求爱于任何女子心房；
|||||您千万慎重思量。
**摩洛哥亲王**　　我意已决，来吧，就此一试。
**鲍西娅**　　且先到教堂，待酒足饭饱，
|||||您再探险情场。
**摩洛哥亲王**　　好，但愿天公作美！
|||||若非倒大运，便偕美人归。　　　　　号筒声，众人下

## 第二场　/　第五景

威尼斯

小丑朗斯洛特独自上

**朗斯洛特**　　从我的犹太主人身边逃走，我的良心一定不会赞同。[1] 可是魔鬼与我寸步不离，诱惑我，对我说，"高波，朗斯洛特·高波，好朗斯洛特，或是好高波，或是好朗斯洛特·高波，动动腿儿，起步，跑！"我的良心却在说，"不，要慎重，诚实的朗斯洛特；要慎重，诚实的高波，或者，就像刚刚说的，诚实的朗斯洛特·高波，不要跑，用你的脚跟

---

[1] 原文 will 与 serve 中间可能漏掉一个 not，因为联系上下文来看，此句表达的是否定的意思。——译者附注

把逃跑的念头踢掉。"唉，无所畏惧的魔鬼却吩咐我收拾包裹："跑啊！"他这样说，"跑掉！"又说，"看在老天的份上，鼓起勇气，跑了吧。"可是，我的良心，此时正在我的心口窝里，好心好意地对我说，"我诚实的朋友朗斯洛特，作为老实人的儿子"——哦，应该说老实女人的儿子，因为我的父亲为人真不怎么样，天性不太好——嗯，我的良心说"朗斯洛特，不要走。""走"，魔鬼说。"不要走"，良心说。"良心"，我说，"你言之有理。""魔鬼"，我又说，"你也没错。"要是听从良心的指引，我应该和我的犹太主人待在一起，而他，天哪！他就是个魔鬼；如果从他身边跑掉，我便着了魔鬼的道，而魔鬼，不客气地讲，本来就是魔鬼。当然了，那犹太人就是魔鬼的化身。说良心话，我的良心劝我和这犹太人待在一起对我也够狠心了；相比之下，还是魔鬼劝我离开的建议友好得多。我决定跑掉了，魔鬼。我的双脚听从你的吩咐。我一定要跑掉。

老高波携篮上

**老高波**　年轻人，打搅你，请问到犹太老爷的家里怎么走？

**朗斯洛特**　（旁白）天啊！这是我的亲生父亲，他的眼睛状况相当糟糕，认不出我了。待我捉弄捉弄他。

**老高波**　年轻的少爷先生，请问一声，到犹太老爷的家里怎么走？

**朗斯洛特**　下一个拐角处，你朝右手方向转；再到拐弯的地方，往左手方向转；再下一次拐弯的时候，不朝左也不朝右转，往前走，绕来绕去就绕到犹太人的家里了。

**老高波**　哎哟，这条路可真难走！您知道不知道有一个住在他家里的朗斯洛特？现在还在不在他家里？

**朗斯洛特**　你说的是朗斯洛特少爷吗？——（旁白）注意看我，现在我要让他流眼泪了。——你说的是朗斯洛特少爷吗？

| | |
|---|---|
| 老高波 | 不是什么少爷,先生,他是一个穷人的儿子;他的父亲,不是我多嘴,是个老老实实的穷光蛋,感谢上帝,他还活得好好的。 |
| 朗斯洛特 | 那好,他的父亲是什么人都无所谓,咱们讲的是朗斯洛特少爷。 |
| 老高波 | 他是您少爷的朋友,他就叫朗斯洛特。 |
| 朗斯洛特 | 对不起,老人家,所以我要问你,你说的是不是朗斯洛特少爷? |
| 老高波 | 说的就是朗斯洛特,少爷。 |
| 朗斯洛特 | 所以就是这位朗斯洛特少爷。老人家,你不要提起朗斯洛特少爷啦,因为这位年轻的绅士——根据命运、气数这一类稀奇古怪的说法,或者根据命运女神以及这一类占卜预言的学说——已经过世啦,或者简单点说已经归天啦。 |
| 老高波 | 哎哟,天哪!这孩子是我年迈的拐杖,我唯一的依靠啊。 |
| 朗斯洛特 | 我长得像一根棒子,或是柱子吗?一根拐杖,让他靠着?你认识我吗,父亲? |
| 老高波 | 唉,少爷,我是个瞎子;我不认识您。可是请您告诉我,我的孩子,愿上帝保佑他,到底是生是死? |
| 朗斯洛特 | 您不认识我吗,父亲? |
| 老高波 | 唉,少爷,我是半瞎的人;我不认识您。 |
| 朗斯洛特 | 真是的,即使您耳聪目明,也未必认得我;再聪明的父亲也不会完全了解自己的儿子。(跪地)祝福我吧。真相会大白于天下,杀人的恶行迟早会显露端倪,一个人的儿子也许暂时会藏起来,但真相不能永远避人耳目。 |
| 老高波 | 先生,请您站起来。我确定您不是我的儿子朗斯洛特。 |
| 朗斯洛特 | 有关这件事的胡闹到此为止吧!请您给我祝福:我是朗斯洛特,从前是您的孩子,现在是您的孩子,将来也还是您的 |

孩子。

**老高波** 我无法想象您是我的儿子。

**朗斯洛特** 我也不知道这事该怎么想；不过我确实是朗斯洛特，犹太人的仆人。我确信您的妻子马格丽就是我的母亲。

**老高波** 她的名字确实是叫马格丽。我发誓，如果你当真是朗斯洛特，那么你一定是我的骨肉。上帝果然显灵！你的胡子长这么长了！你下巴上的胡子，比起给我拖车子的马儿道平尾巴上的毛还多呀！

**朗斯洛特** （起身）如此说来，道平的尾巴一定是越长越短了；我清楚地记得上一次我看见它的时候，它尾巴上的毛比我脸上的胡子要多啊。

**老高波** 上帝啊！你真是变了样子啦！你和你的主人相处得好吗？我给他带了份礼物。你们合得来吗？

**朗斯洛特** 还好，还好。不过就我来说，既然我已经决意跑掉，那么开弓没有回头箭。我的主人是个十足的犹太人。给他礼物？不如给他一根绳子吊死他！供他差遣要忍饥挨饿。您可以用手指头数出我一根根的肋骨来。[1] 父亲，我很高兴你来了。把礼物为我送给一位巴萨尼奥先生吧，他是真舍得给仆人做新衣服的。如果我不能服侍他，世界有多大，我就跑多远。哦，多么难得的机遇！他来了。到他那里去，父亲，我要是再伺候那个犹太人，我就是犹太人。

巴萨尼奥率一两个侍从上，内有里奥那多

**巴萨尼奥** 你们就这么办吧，可是要快一点，晚饭不能迟于五点钟必须准备好。（对一仆）这几封信替我送出去；叫裁缝去做仆

---

[1] 原文为 You may tell every finger I have with my ribs，意为"用肋骨数出手指头"，当为笔误。——译者附注

|||
|---|---|
| | 人的新衣服；然后再请葛莱西安诺来我住处。　　一仆下 |
| 朗斯洛特 | 走过去，到他那里去，父亲。 |
| 老高波 | （上前）上帝保佑您，老爷！ |
| 巴萨尼奥 | 谢谢你。你找我有什么事吗？ |
| 老高波 | 先生，这是我的儿子，一个苦命的孩子—— |
| 朗斯洛特 | 不是苦命的孩子，先生，我是有钱犹太人的听差，我希望我的父亲可以给我证明—— |
| 老高波 | 先生，正像人家说的，他很希望能够—— |
| 朗斯洛特 | 真的，总而言之，我本来是侍候那个犹太人的，但是我希望我的父亲可以给我证明—— |
| 老高波 | 他的主人和他，和您实话实说，合不来—— |
| 朗斯洛特 | 简单说来，这事是这样的，犹太人欺负我，他使得我——我想，我父亲是个上了年纪的人，会向你证明—— |
| 老高波 | 我带来一盘烹好的鸽子送给您品尝，我求您一件事—— |
| 朗斯洛特 | 长话短说，是我有事求您。这位诚实的老人家一说您就明白，不过我得说，虽然我的父亲年纪大了，确实是穷人。 |
| 巴萨尼奥 | 一个人说就好了。你想要什么？ |
| 朗斯洛特 | 侍候您，先生。 |
| 老高波 | 就是这事，先生。 |
| 巴萨尼奥 | 我很了解你；可以答应你的要求；<br>你的主人夏洛克今天曾向我说起，<br>把你举荐给我。可你离开犹太富人<br>来跟随我这样一个穷困的绅士，<br>于你有什么好处呢。 |
| 朗斯洛特 | 先生，一句古语恰好适用于我的主人夏洛克和您：您有上帝的恩惠，他有足够的财富。 |
| 巴萨尼奥 | 你说得很好。老人家，带着你的儿子， |

先去向他的旧主人告别，然后再打听
我的住处。——（对一仆）给他做一身比其他仆人
更华丽些的制服。这就去办。

**朗斯洛特** 父亲，进去吧。我永远得不到一个好差使吗？我长着舌头不会说话吗？哈，伸手宣誓的时候，全意大利也难找出一只比我的掌纹更好的手。我一定会交好运的。（指自己的手掌）看吧，这是笔直的生命线，这儿说明可以有几个老婆。哎呀，十五个老婆不算多的！对于一个男人来说，十一个老婆，再加上九个侍女，不算什么啊。有三次溺水大难不死，还有一次险些命丧床笫之间。哼，如果命运女神是个女人的话，一向对我眷顾有加，是个好女人。父亲，来；一眨眼的工夫我就和犹太人道别了。

小丑朗斯洛特与老高波下

**巴萨尼奥** （递过一清单）
好里奥那多，你要记住我的话，
东西买好后，把它们安置一下，
快去快回，因为晚上要宴请
我最敬重的老友。快去吧。

**里奥那多** 我一定尽力为您效劳。

葛莱西安诺上

**葛莱西安诺** 你家主人在哪？
**里奥那多** 他正在那边走着，先生。 下
**葛莱西安诺** 巴萨尼奥先生！
**巴萨尼奥** 葛莱西安诺！
**葛莱西安诺** 我有事相求。
**巴萨尼奥** 尽管说。
**葛莱西安诺** 您不能拒绝我；我一定要跟您到贝尔蒙特去。

巴萨尼奥　　　那就去吧。听我说，葛莱西安诺
　　　　　　　你太狂放，不拘小节且言辞鲁莽，
　　　　　　　作为性情中人，这些事普通寻常，
　　　　　　　我们虽认为无伤大体，不以为意；
　　　　　　　但若陌生人初次相见，你的举止
　　　　　　　未免贻笑大方。请你时刻记心上，
　　　　　　　稍微节制你自由天性，切忌张扬，
　　　　　　　以免你的率性而为让不明就里者
　　　　　　　对我产生误解，
　　　　　　　害我空欢喜一场。
葛莱西安诺　　巴萨尼奥先生，听我说：
　　　　　　　我一定做到彬彬有礼，举止大方
　　　　　　　谈吐文雅，污言秽语偶尔露锋芒，
　　　　　　　经书随身，态度温和，神情端庄，
　　　　　　　（捂脸）而且，饭前祷告时，把帽檐拉上
　　　　　　　遮住双眼，叹息着说出"阿门"，
　　　　　　　我时刻注意入乡随俗，安分守礼，
　　　　　　　像故意讨好老祖母似的装模作样，
　　　　　　　如若言而无信，从此不必再信我。
巴萨尼奥　　　那好，我倒要瞧瞧你装不装得像。
葛莱西安诺　　但今晚咱们的所作所为另当别论，
　　　　　　　你不可现在就提前使用上述标准。
巴萨尼奥　　　不，当然不会。
　　　　　　　今晚你可以随心所欲，尽情享受。
　　　　　　　因为，我们另外还有几个朋友
　　　　　　　也想要玩得尽兴。可是，再见吧。
　　　　　　　我有事，必须得走了。

**葛莱西安诺** 我也要去找罗兰佐他们那一帮人；
我们会来见你的，就在晚饭时分。 同下

## 第三场 / 第六景

杰西卡与小丑朗斯洛特上
**杰西卡** 我很难受，你这么离开我父亲。
我家是地狱，亏你是个淘气精，
好歹打劫掉了家中的若干沉闷。
可是再会吧。这是给你的酬金。（递过钱）
记住，晚饭时你会看见罗兰佐，
他是你新主子的客人，这封信
你一定替我交给他。避开旁人。（递过信）
好，再见吧，我们交谈时一定
要提防父亲的眼睛。
**朗斯洛特** 吾去也！眼泪使我舌头僵硬。美貌无双之异教徒，温柔无双之犹太辈！若非有个基督徒和你母亲行不轨之事才令你降生尘凡，就权当我有眼无珠。吾去也！这些愚蠢之泪珠，险些泯灭我精神，我何堪为堂堂大丈夫。去也去也！[1] 下
**杰西卡** 好朗斯洛特啊，再见再见。
唉，我真是罪恶滔天，竟然

---

[1] 朗斯洛特觉得自己绝非等闲之辈，说话时有点拿腔作调，半文半白。——译者附注

会因自己是父亲之女而羞惭！
我的的确确和他有父女血缘，
但为人处世却和他毫无关联。
罗兰佐啊！你若守信，我便
决然皈依基督，与你长相伴。　　　　　　　　　　下

## 第四场　／　第七景

葛莱西安诺、罗兰佐、萨拉里诺与萨莱尼奥上

**罗兰佐**　　　　不，我们晚餐时悄悄溜走，
　　　　　　　在我的寓所乔装打扮之后，
　　　　　　　再回这里，只消一个钟头。
**葛莱西安诺**　可咱们的准备还有点不够。
**萨拉里诺**　　我们还没有提谁做火炬手。
**萨莱尼奥**　　安排不周，肯定要出纰漏；
　　　　　　　这事儿在我看来最好收手。
**罗兰佐**　　　现在才四点钟，我们还有
　　　　　　　两个钟头。——朗斯洛特，我的朋友，有消息吗？

朗斯洛特持信上

**朗斯洛特**　　（递信给他）大驾劳您拆开之[1]，仿佛应该有。

---

1　大驾劳您拆开之：本意是"劳您大驾拆开它"。朗斯洛特的英语其实不太规范，但又想故意说得文绉绉的，因此有这样别扭的表达。——译者附注

第二幕 / 第四场

| | |
|---|---|
| 罗兰佐 | 这笔迹我认识；呀，好清秀；<br>这信笺纸儿虽然洁白无瑕，<br>怎美得过写信的纤纤素手。 |
| 葛莱西安诺 | 嗨，情书呗。 |
| 朗斯洛特 | 大人，恕小人告退。（欲走） |
| 罗兰佐 | 汝欲何往？[1] |
| 朗斯洛特 | 容小人禀告，吾欲邀我犹太旧主人今晚陪我基督徒新主人晚宴。 |
| 罗兰佐 | 且慢，给你钱。（递过钱）你向好杰西卡<br>传话，我必赴约。要悄悄转达。<br>诸位，走吧，走吧。<br>今晚的假面舞会，准备好了吗？<br>我倒是有了一个拿火炬的人啦。　　　　小丑朗斯洛特下 |
| 萨拉里诺 | 好，我马上就着手准备。 |
| 萨莱尼奥 | 我也去准备。 |
| 罗兰佐 | 大约一小时之后，<br>咱们在葛莱西安诺家里碰头。 |
| 萨拉里诺 | 对，这样很好。　　　　萨拉里诺与萨莱尼奥下 |
| 葛莱西安诺 | 那封信是否出自杰西卡之手？ |
| 罗兰佐 | 我都告诉你吧。她已经教我<br>怎样带她从她父亲家里逃亡，<br>她还会把金银珠宝携带身上，<br>女扮男装之事也都准备停当。<br>她的犹太父亲若有望进天堂， |

---

[1] 汝欲何往：罗兰佐由于收到杰西卡来信而高兴，他必定同时注意到仆人喜欢故作斯文，所以这里也故意使用古拙的词语。——译者附注

必因其女儿有非犹太人[1]行状；
厄运再也不敢从她脚下经过，
除非借口说：如此妙龄女郎
竟是犹太异教徒生出的孽障。
来，跟我走，边走边读信件。（递过信）
美人杰西卡为我把火炬高扬。 同下

## 第五场 / 第八景

犹太人夏洛克与仆从小丑朗斯洛特上

**夏洛克** 好，你瞧瞧，你的眼睛应该是大法官，
判得出夏洛克老头跟巴萨尼奥不一般。——
喂，杰西卡！——你不要那样狼吞虎咽，
就像在我家里这么干——喂，杰西卡！——
你又睡觉又打鼾，连衣服都穿得稀烂——
喂，杰西卡，我跟你说！
**朗斯洛特** 喂，杰西卡！
**夏洛克** 谁让你喊？我没吩咐你喊。
**朗斯洛特** 可您老人家为何总是抱怨，
说不吩咐，我就啥也不干？

杰西卡上

---

1 非犹太人：原文 gentle 与 gentile 双关，有"非犹太教徒"之义。

第二幕 / 第五场

| | |
|---|---|
| 杰西卡 | 是您叫我吗？有什么旨意？ |
| 夏洛克 | 杰西卡，有人请我吃晚饭； |
| | 钥匙在这儿。但我干吗去呢？ |
| | 邀请非出真心，只为讨我喜欢。 |
| | 可我得怀恨赴宴，受用受用 |
| | 这败家基督徒的美餐。杰西卡， |
| | 好孩子，看好门户。我真不愿 |
| | 去。昨夜晚我梦见钱袋一串， |
| | 此非吉兆，叫我心神好难安。 |
| 朗斯洛特 | 老爷，小人恳请您去；小人少主正期待您打架光赢[1]呢。 |
| 夏洛克 | 我也奉陪他来打架光赢[2]啊。 |
| 朗斯洛特 | 他们已经勾结谋划[3]好啦；我不想您会看到一场假面跳舞，您要是真看到了，那就明白我在上一个黑色星期一[4]早上六点钟为什么会流鼻血啦。那一年刚好是在圣灰节星期三第四年的下午。 |
| 夏洛克 | 怎么！有假面舞会？你听好， |
| | 杰西卡，锁好门窗；若听到 |
| | 鼓声和歪着脖子吹出的笛音 |
| | 尖利喧闹，不许到窗台偷瞧， |

---

1 打架光赢：这是一种滑稽可笑的误用（malapropism）。朗斯洛特本意是要表达 approach（光临；大驾光临）的意思，但是却误说成了 reproach（责备、侮辱），此处戏译作"打架光赢"。——译者附注
2 打架光赢：夏洛克是顺着朗斯洛特的话回答。——译者附注
3 勾结谋划：原文 conspired，朗斯洛特本意是想表达"商量好了"这个意思，不想却说成了贬义的"勾结谋划"。——译者附注
4 黑色星期一：复活节礼拜一。1360 年 4 月 14 日，英王爱德华三世（Edward III）攻打巴黎时，气候奇冷，天昏地暗，将士冻死无数。之后复活节的星期一被称为"黑色星期一"。——译者附注

　　　　　　或探看大街上的蠢蛋基督徒，
　　　　　　满脸涂得花花绿绿乌七八糟。
　　　　　　堵上房屋耳朵，我是说窗子，
　　　　　　可别让那些浅薄无聊的胡闹
　　　　　　把我清静的房间搅扰。我要
　　　　　　凭着雅各的手杖发誓，今宵
　　　　　　我真不想赴宴。姑且这一遭。
　　　　　　喂，你先去，说我随后就到。
**朗斯洛特**　那我先行一步，老爷。——
　　　　　　（旁白。对杰西卡）小姐，别管他，你要留心窗外。
　　　　　　窗前走过那基督徒少年，
　　　　　　勾得小姐眼珠儿溜溜转。　　　　　　　　朗斯洛特下
**夏洛克**　那个夏甲的傻小子[1]在嘀咕什么？
**杰西卡**　没嘀咕什么，他只说了"再会，小姐。"
**夏洛克**　这蠢东西心眼不坏就是饭量大；
　　　　　　白天睡懒觉，野猫都比不上他，
　　　　　　做事却像蜗牛爬，这等懒黄蜂
　　　　　　我哪容得下？辞了他，打发他
　　　　　　改投那借钱度日的少公子门下，
　　　　　　好让他早点荡产倾家。进去吧，
　　　　　　嘿，杰西卡，也许我片刻就回。
　　　　　　千万要留心，外出随手关门栅，
　　　　　　有道是节俭之心总存千古旧话——
　　　　　　能锁得牢牢闸，必保得万年家。
　　　　　　　　　　　　　　　　　　　　　　　　下

---

[1] 夏甲的傻小子：有"贱奴"的意思。亚伯拉罕（Abraham）与其妾妃夏甲（Hagar）生下儿子以实玛利（Ishmael），后母子二人均遭放逐。

杰西卡　　　再会；要是这命运不跟我作耍，
　　　　　　你将失去小女，我将失去老爸。　　　　　　　　　　　下

## 第六场　/　第九景

葛莱西安诺与萨拉里诺戴假面上

**葛莱西安诺**　这就是那个屋檐，罗兰佐
　　　　　　要我们在下面等待。
**萨拉里诺**　　他约定的时间快过了。
**葛莱西安诺**　他居然会迟到，这倒是真怪，
　　　　　　因为恋人们总是比时钟还快。
**萨拉里诺**　　啊！维纳斯的鸽子会快十倍，
　　　　　　当它为缔结新欢之盟而奋飞，
　　　　　　而非为旧诺须履行不违。
**葛莱西安诺**　此理固然。谁在饱餐离桌之际，
　　　　　　还保有强烈食欲如初入座之时？
　　　　　　哪一匹马在冗长的归途上还能
　　　　　　用起程时劲健如火的步履疾驰？
　　　　　　人们追求世间万事万物的兴致
　　　　　　总比享用它们的兴致更加浓郁。
　　　　　　新船儿扬帆出港披着飘飘旗帜，
　　　　　　多么像个年轻放浪的花花公子，
　　　　　　听任轻狂淫荡的海风搂抱狎昵！

可是等到它归帆褴褛回港之际，
破败的船身形单影只，它多像
落魄浪子伶仃瘦骨任涛打风欺！

罗兰佐上

**拉里诺**　　罗兰佐来啦；这些话暂按下不表。
**罗兰佐**　　两位好友，请原谅我耽误得太久，
我非延宕，实因急务劳你们等候。
将来你们拐老婆时需要偷鸡摸狗，
我必花同样时间为你们望风逗留。
来，这是我岳父家。喂！有人吗？

杰西卡着男装自高台上

**杰西卡**　　你是谁？我发誓听得出你的嗓音，
为防止错认，还是请你说出大名。
**罗兰佐**　　我是罗兰佐，你的爱人。
**杰西卡**　　罗兰佐，不错，的确是我的爱人；
还有谁让我爱得这样深？除了你，
罗兰佐，谁还知道我属于你的心？
**罗兰佐**　　这一点上天和你的思想可以作证。
**杰西卡**　　来，接住匣子，这东西值得珍存。
幸亏是夜晚，我的面相你看不清，
我已乔装打扮，心里面好难为情。
爱情是盲目的，恋人们无法觉察
他们自己所干的傻事和荒唐行径；
要是他们瞧得见，丘比特必脸红，
羞于见我变成了奇装异服的男性。
**罗兰佐**　　快下来，你必须做我的火炬手。
**杰西卡**　　什么！我必须以烛火自照丑身？

|  | 我这样子，已经明显招人注目， |  |
|---|---|---|
|  | 我本应该遮掩才是正经， |  |
|  | 怎可在烛光下暴露隐情？ |  |
| **罗兰佐** | 亲爱的，你这一身漂亮男装 |  |
|  | 已使你难以辨认。 |  |
|  | 快，快点下来吧， |  |
|  | 趁遮蔽万物的夜色飞奔， |  |
|  | 巴萨尼奥的宴会正等我们亲临。 |  |
| **杰西卡** | 我把门窗关好，再将细软金银 |  |
|  | 收拾在身，便即刻来与你同行。 | 自高台下 |
| **葛莱西安诺** | 我发誓，她是基督徒而非犹太人。 |  |
| **罗兰佐** | 我若不真心爱她，必不得好死。 |  |
|  | 我有判断力，必判她聪明伶俐； |  |
|  | 我有好眼光，必称她美貌秀丽； |  |
|  | 她用行动证明，她忠贞又诚实； |  |
|  | 她既然这样聪明、美丽、忠诚， |  |
|  | 我岂能不把她时时搁在心坎里！ |  |

杰西卡自主台上

|  | 啊，你来了吗？朋友们，走吧！ |  |
|---|---|---|
|  | 舞场上此刻是等着我们的舞侣。 | 与杰西卡、萨拉里诺下 |

安东尼奥上

| **安东尼奥** | 那边是谁？ |
|---|---|
| **葛莱西安诺** | 安东尼奥先生！ |
| **安东尼奥** | 咦，葛莱西安诺！剩下诸人呢？ |
|  | 现已九点，朋友们久等着你们。 |
|  | 今晚舞会取消；颇喜风转温顺， |
|  | 巴萨尼奥即刻间就要登船他往， |

|  | 我差了二十个人来把你们找寻。 | |
|---|---|---|
| 葛莱西安诺 | 那真是求之不得；我多想今夜<br>立刻动身，在海面上扬帆远行。 | 同下 |

## 第七场　／　第十景

贝尔蒙特

喇叭奏花腔。鲍西娅及摩洛哥亲王各率扈从上

| 鲍西娅 | 去，揭开帐幕，让这位尊贵<br>王子亲睹那几个匣箱。<br>（幕帐拉开）<br>现在选择吧，亲王。 |
|---|---|
| 摩洛哥亲王 | 第一只金匣刻着下面的字样：<br>"凡选我者将获得众人所望。"<br>第二只银匣刻着这样的期许：<br>"凡选我者将获应得的报偿。"<br>第三只铅匣粗鄙而用语冷峻：<br>"凡选我者须把他一切丢光。"<br>我怎么知道我选得是否恰当？ |
| 鲍西娅 | 三匣中有一只藏着我的小像；<br>您若选中，我便是您的新娘。 |
| 摩洛哥亲王 | 求神明指点迷津！待我考量。<br>我且先把匣上刻字推敲品尝。 |

这个铅匣子上面说些什么？
"凡选我者须把他一切丢光。"
丢光：为什么？为铅而冒险？
这匣子说话吓人。人们希望
得到大利才会不惜牺牲一切；
金贵之心决不屈就粗鄙之相；
我岂能为这破铅把一切丢光！
且看皎洁的银匣说了些什么？
"凡选我者将获应得的报偿。"
应得的报偿！等等，摩洛哥，
把你的价值作一番公正衡量：
照你自己判断，评价应很高，
可是仅仅凭着你这几分所长，
恐怕还难于与小姐比翼成双；
然而我要是疑心自己不够格，
岂不是自我贬低，自我诽谤。
获应得的报偿？小姐即报偿，
论财产、人品、门第、教养，
我自觉和她般般处处一样强，
更何况我真情娶她理所应当。
不必迟疑，就选这个匣子吧。
且慢，先瞧瞧金匣子说什么：
"凡选我者将获得众人所望。"
啊，这正是她；全世界所求，
人们远自四面边陲前来瞻仰
这座圣殿，这人间活的偶像。
希尔卡尼亚沙漠和广阔阿拉伯

蛮荒成大道，只因各国亲王
蜂拥造访美貌的鲍西娅姑娘。
海国虽有横流无际滔滔巨浪
公然昂首觊觎天庭，却难挡
外邦客跨海而来，如过溪涧，
只为一睹鲍西娅这绝世奇芳。
有个匣中藏着她的天仙肖像，
难道是那铅匣？呸！这臆想
何等卑劣，就算是黑暗之坟，
放着她的寿衣，也罪恶昭彰。
那么小像必定是被银匣收藏？
可银价只是金价的十分之一！
啊，罪恶的思想！如此宝像
岂可置于比金子低贱的匣箱！
英国有一种钱币用金子铸成，
在表面上镌刻着天使的形象；
但这个天使却深藏进了金床。
给我钥匙；这金匣非我莫属，
老天保佑，但助我如愿以偿！

**鲍西娅** 亲王，钥匙在此；若有小像，
我就是您的新娘。

**摩洛哥亲王** （开金匣）
哎哟，该死！搞什么名堂？
死人的骷髅，空洞的眼眶
插一张纸。待我细读端详：
（念）
"常言一句与君听，

闪光未必是黄金。
多少世人枉送命，
只图外表与外身。
镀金坟茔蛆多占，
愿君有胆且聪明，
矫健身肢藏广慧，
岂得片纸见拒音：
缘尽还请上归程。"
缘尽心凉，到头一场空忙！
别了，情火！来了，寒霜！
再见，鲍西娅；我这败军之将
太悲伤，不辞而别，去也仓皇。　　率扈从下；喇叭奏花腔

**鲍西娅**　谢天谢地，总算收场。去，拉下幕帐。
但愿所有和他同肤色者都错选匣箱。　　众人拉下幕帐，下


## 第八场　/　第十一景


威尼斯
萨拉里诺与萨莱尼奥上

**萨拉里诺**　嗨，我看见巴萨尼奥张起桅樯，
葛莱西安诺也和他同在那船上；
我相信罗兰佐必不与他们同航。
**萨莱尼奥**　那犹太恶棍大呼小叫惊动公爵，

|  |  |
|---|---|
| | 公爵跟他去搜巴萨尼奥的船舱。|
| 萨拉里诺 | 他去得太迟,船已经扬帆而出。|
| | 可是有人告诉公爵,说是亲睹 |
| | 风骚多情的杰西卡曾跟罗兰佐 |
| | 曾经在一艘游艇小船之中同坐; |
| | 此外,安东尼奥向公爵保证, |
| | 巴萨尼奥船上绝没有这两人。|
| 萨莱尼奥 | 那犹太狗在街上大呼小叫, |
| | 丑态百出,古怪而又暴躁, |
| | 真是我平生未见的大烦恼: |
| | "我的女儿!啊,我的金币! |
| | 啊,她竟跟一个基督徒私逃! |
| | 啊,基督徒金币!啊,公道! |
| | 法律啊!我的金币、女儿啊! |
| | 一袋、两袋密封好的金币啊! |
| | 给女儿偷走了!还有珠宝! |
| | 两颗珍贵的宝石,都偷走了! |
| | 快找我女儿、金币和公道!" |
| 萨拉里诺 | 威尼斯城所有孩子跟着他跑、|
| | 叫:宝石、女儿呀,金币呀! |
| 萨莱尼奥 | 安东尼奥得留心别把期限超, |
| | 否则夏洛克拿他出气定不饶。|
| 萨拉里诺 | 对,你提醒得好。|
| | 昨日我曾跟一个法国人闲聊, |
| | 他对我说起,在英法两国间 |
| | 狭隘的海道,一艘商船触礁 |
| | 而没,是我国船,货载山高。|

|  |  |  |
|---|---|---|
|  | 一听此话，我想起安东尼奥， |  |
|  | 心中默祝那船不是他的才好。 |  |
| 萨莱尼奥 | 你最好把此事告诉安东尼奥； |  |
|  | 但要缓缓道来，免惹他急躁。 |  |
| 萨拉里诺 | 比他更仁慈的君子世上难找。 |  |
|  | 我曾看见过他送别巴萨尼奥， |  |
|  | 巴对他说自己一定快去快回， |  |
|  | 他却回答"不必，巴萨尼奥， |  |
|  | 可别为我而耽误了你的正事， |  |
|  | 不到大功告捷不可遽然回巢。 |  |
|  | 至于我和犹太人签下的契约， |  |
|  | 别让它把你心中的婚事干扰， |  |
|  | 你只管高高兴兴做你的好事， |  |
|  | 且让你的求爱举止美妙高超， |  |
|  | 什么招数得体你便使什么招。" |  |
|  | 话说到此，难掩住情怀骤露， |  |
|  | 他转过脸，双眼已满噙泪潮， |  |
|  | 只侧身紧握着巴萨尼奥之手， |  |
|  | 人别意难调。 |  |
| 萨莱尼奥 | 他爱这世界只为爱巴萨尼奥。 |  |
|  | 咱们现在就走，去找他聊聊， |  |
|  | 或可用些许开心驱烦快乐事， |  |
|  | 解除他愁闷心焦。 |  |
| 萨拉里诺 | 很好，很好。 | 同下 |

## 第九场　/　第十二景

贝尔蒙特
尼莉莎与一仆人上

**尼莉莎**　　快，快，请你快拉开幕帐，
（仆人拉开帐幕）
已经宣过誓的阿拉贡亲王，
马上就要来抽彩定箱。

阿拉贡亲王率扈从与鲍西娅上。喇叭奏花腔

**鲍西娅**　　瞧，亲王，三个彩箱都在此；
您选定的箱中若有我的小像，
我们就可以立刻举行婚礼；
可您若未选中，话不多讲，
亲王，您得即刻远走他乡。

**阿拉贡亲王**　我已经宣誓遵守条件三项：
第一，不向任何人透露
我所选的是哪一只彩箱；
第二，要是我选错了匣子，
终身不得求婚于任何女郎；
第三，要是我无缘折桂，
必须马上离开此地他往。

**鲍西娅**　　凡为我这微躯而试险者，
个个曾立誓遵守这三项。

**阿拉贡亲王**　我已准备好。愿天公作美！
金箱，银箱，鄙陋的铅箱！

"凡选我者须把他一切丢光。"
丢光可以，除非你更漂亮。
金箱如何说？哈！我看看：
"凡选我者将获得众人所望。"
众人所望，此所谓众人者，
无非庸众，只重外表堂堂，
却无慧眼能明察真知灼见，
深窥奥秘之堂，恰像燕子
筑危巢于风吹雨打的外墙，
不成想灾祸就会从天而降。
众人之所希求，非我所想，
我不愿与庸众具同等眼光，
随波逐流屈就于贱民草莽。
让我来瞧瞧你这白银宝箱，
看看是何言辞刻在你身上：
"凡选我者将获应得的报偿。"
说得好，人若无公认专长，
岂能胡乱折腾，欺骗命运，
猎取世上荣光？不！休想！
无能辈不可窃踞尊荣之邦。
唉！但愿世间的爵禄官阶，
都不因钻营或舞弊而兴旺，
纯洁声誉奠基于德才无双！
那多少侍立者会高冠盛服！
多少施令者当俯首于华堂！
高贵的种子中有多少卑劣
贱种分出，从世俗的粗糠

|  |  |
|---|---|
|  | 当有多少脱颖而出的贤良<br>绽放出新光！该怎样选呢？<br>"凡选我者将获应得的报偿。"<br>好，我且取我所值，钥匙！<br>（开银匣）匣中之命运自当立显真相。 |
| 鲍西娅 | （旁白？）见了真相怎许久一声不响？ |
| 阿拉贡亲王 | 什么？眨着眼睛的傻瓜像，<br>手捧纸条！我得仔细读读。<br>你和鲍西娅压根儿不相像。<br>比我所望应得相差若天壤！<br>"凡选我者将获应得的报偿。"<br>我就只配获得这样的傻瓜？<br>中这样的彩？别无更高奖？ |
| 鲍西娅 | 犯案和判案，本如针锋对，<br>案情各不相当。[1] |
| 阿拉贡亲王 | 这是什么诗行？<br>（念）<br>"七度烈火煅银箱；<br>七番斟酌费思量，<br>头筹必得在胸膛。<br>有人喜吻幻中影，<br>浪得虚福梦一场。<br>世上总有傻瓜在，<br>徒有银饰镀银箱。 |

---

[1] 此处意谓阿拉贡亲王无权对自己的已经被判定的案子作评判。或意谓鲍西娅认为自己无权评判，因为她是间接起因。

　　　　　　纵有娇妻陪尔睡，
　　　　　　尔辈唯有傻名扬。
　　　　　　劝尔速去莫荒唐！
　　　　　　我若盘桓不肯去，
　　　　　　徒得傻名成傻郎；
　　　　　　来时傻头才一颗，
　　　　　　归去傻相得一双。
　　　　　　从今守誓别佳偶，
　　　　　　默忍愤怒暗心伤。"　　　　　阿拉贡亲王率扈从下
**鲍西娅**　　飞蛾扑燃烛，自寻灭亡，
　　　　　　蠢材偏装聪明相，到头来
　　　　　　聪明反算错了聪明账。
**尼莉莎**　　岂不闻古话从来不乱讲：
　　　　　　上吊娶亲，天命有常。
**鲍西娅**　　来，尼莉莎，拉下幕帐。
　　　　　　（尼莉莎拉下幕帐）

一信差上
**信差**　　　小姐呢？
**鲍西娅**　　敢问尊驾有何见教？
**信差**　　　小姐，一个威尼斯少年郎，
　　　　　　正门前候见，说他家主人，
　　　　　　即刻要造访府上，且先让
　　　　　　他来报信，谨致小姐安康。
　　　　　　除了客套的恭维话，还有
　　　　　　贵重的礼物大包。像这样
　　　　　　体面的爱神使者见所未见。
　　　　　　四月之丽天晴日竟吐芬芳，

　　　　　　争把华美的夏季大肆张扬，
　　　　　　也不及这报信郎可爱馨香。
**鲍西娅**　　快快打住，我求你快收场；
　　　　　　你把他吹得这样天花乱坠，
　　　　　　接着好说他是你亲戚邻乡。
　　　　　　来，来，尼莉莎，我很想
　　　　　　瞧瞧这爱神差来的体面郎。
**尼莉莎**　　爱神啊，愿巴萨尼奥来到！　　　　　　　众人下

# 第 三 幕

## 第一场 / 第十三景

威尼斯
萨莱尼奥与萨拉里诺上

**萨莱尼奥** 商务交易所有什么消息吗？
**萨拉里诺** 据说安东尼奥有一艘满载贵重货品的船在海峡里遇险，遇险的地方叫古德温，有非常危险的海滩，埋葬着许多大船的残骸。这消息尚无人否认。不知传闻是否如守信的女人一般可靠。
**萨莱尼奥** 我宁愿这个女人谎话连篇，平日里无所事事，嚼嚼姜饼，骗邻居相信自己为第三个丈夫去世而痛哭流涕。可惜这传闻是真的。我们废话少说，直奔主题。这位善良的安东尼奥，正直的安东尼奥——我希望找到一个合适的词来称呼他！——
**萨拉里诺** 行了，就此打住吧。
**萨莱尼奥** 哈！你说什么！嗯，结果就是，他损失了一艘船。
**萨拉里诺** 希望他再没有别的损失。
**萨莱尼奥** 那我快点说一声"阿门"吧，免得魔鬼搅扰了我的祈祷。魔鬼扮成犹太人的样子来了。怎么样，夏洛克？商人们有什么消息吗？

夏洛克上

**夏洛克** 你什么都清楚，没人比你更清楚我女儿出走的事。
**萨拉里诺** 那当然啦，我还认识给她缝制翅膀帮她逃走的裁缝哩。

| | |
|---|---|
| 萨莱尼奥 | 夏洛克自己何尝不懂,小鸟羽翼丰满,是时候离巢了。 |
| 夏洛克 | 她这么做真该死。 |
| 萨拉里诺 | 如果由魔鬼来做判官,她是该死。 |
| 夏洛克 | 我自己的骨肉[1]造反了。 |
| 萨莱尼奥 | 说什么呢,老东西,这么大岁数了还不安分? |
| 夏洛克 | 我是说女儿是我自己的血肉。 |
| 萨拉里诺 | 你的肉和她的肉比起来,比黑炭和象牙的区别还要大。你的血跟她的血比起来,比红葡萄酒和白葡萄酒的区别还要大。但是请告诉我们,你有没有听说过安东尼奥在海上遭到损失的消息? |
| 夏洛克 | 这对我又是一桩倒霉事:这个破落户,败家子,不敢在交易所露面。以前他每次在交易所出现都衣着光鲜,现在是个乞丐了。让他看看自己的借据吧。他老说我放高利贷。让他留心自己的借据吧。他一向本着基督徒的礼貌,借钱给别人不收利息。让他留心自己的借据吧。 |
| 萨拉里诺 | 我相信即使他还不上钱,你也不会来取他的肉。他的肉对你来说毫无用处呀。 |
| 夏洛克 | 可以钓鱼啊。即使没什么可喂的,至少可以平息我的仇恨。他羞辱过我,还害我少赚了几十万元。我亏损他幸灾乐祸,我赢利他冷嘲热讽。他鄙视我的民族、挡我的财路、离间我的朋友、鼓动我的仇人,他为什么要这样做?就因为我是一个犹太人。犹太人不长眼睛吗?犹太人没有手、面貌、身体、知觉、情感、情绪吗?犹太人吃同样的饭食,被同样的武器袭击也会受伤,生同样的疾病,治病的方法没有 |

---

[1] 骨肉:原文为 flesh and blood,有"欲念"之意,因此夏洛克所说"骨肉造反"被萨莱尼奥调侃为"性欲冲动"。

差别，同样有冬冷夏热的感觉，这些不是和基督徒一样吗？如果你刺我们，我们不会流血吗？你若搔我们的痒处，我们不会笑吗？你给我们下毒，我们不会被毒死吗？如果你让我们蒙受冤屈，我们不应该报复吗？如果其他的事我们和你们没有不同，在这方面我们都是一样的。如果一个犹太人欺负了基督徒，基督徒会用什么来体现他谦卑的美德？复仇。如果一个基督徒欺负了犹太人，那么以基督徒为榜样，他该如何体现宽容？复仇。以恶制恶是你们教会我的，我要把它付诸行动，有过之而无不及。

安东尼奥一仆人上

**仆人**     两位先生，我家主人安东尼奥想请两位去家里谈谈。
**萨拉里诺**     我们正到处找他呢。

杜伯尔上

**萨莱尼奥**     又来一个犹太人。再也找不到第三个这样的犹太人了，除非魔鬼自己变成犹太人。

萨莱尼奥、萨拉里诺与仆人下

**夏洛克**     啊，杜伯尔！热那亚有什么消息？你找到我女儿了吗？
**杜伯尔**     我所到之处，打听到她的消息，可就是找不到她。
**夏洛克**     哎呀，糟糕！糟糕！糟糕！我的钻石丢啦，是我在法兰克福花了两千块钱买的！我们的民族当下被诅咒了，我以前从没有过这种感觉。一颗两千块钱的钻石，还有其他贵重珠宝。我希望我的女儿死在我跟前，耳朵上挂着那些珠宝！我希望她在我面前安葬，那些钱就放在她的棺材里！没有他们的消息吗？唉，——为了找到他们，我不知花了多少钱。真是祸不单行！贼偷走我这么多钱，我又花了大钱去抓贼，结果一无所获，报仇无门。只有我自己倒霉，我自己叹气，我自己流泪！

| | |
|---|---|
| 杜伯尔 | 倒霉的不只是你自己。我在热那亚听人家说，安东尼奥—— |
| 夏洛克 | 什么？什么？什么？他也倒霉了吗？他也倒霉了吗？ |
| 杜伯尔 | ——有一艘船自的黎波里驶来，遇险了。 |
| 夏洛克 | 我感谢上帝！我感谢上帝！真的吗？真的吗？ |
| 杜伯尔 | 从沉船逃生的几个水手和我说的。 |
| 夏洛克 | 谢谢你，好杜伯尔。好消息，好消息！哈哈！在热那亚听到的吗？ |
| 杜伯尔 | 听说你的女儿在热那亚一晚就花去八十块钱。 |
| 夏洛克 | 你真是戳了我一刀！我的金子再也找不回来了。一下子就花八十块钱！八十块钱！ |
| 杜伯尔 | 安东尼奥的几个债主与我一同来到威尼斯，他们肯定地说这次他一定破产。 |
| 夏洛克 | 这事让我非常高兴。我要给他找点麻烦，不能轻易放过他。我好高兴。 |
| 杜伯尔 | 他们当中有个人给我看了一枚戒指，说是你女儿用它换了一只猴子。 |
| 夏洛克 | 那该死的东西！你简直是在折磨我，杜伯尔，那是我的绿松石戒指，是我的妻子莉娅在我们婚前送我的。即使别人给我一群猴子，我也不愿换掉它。 |
| 杜伯尔 | 可是安东尼奥这一次确实完蛋了。 |
| 夏洛克 | 是的，这是真的，错不了。去，杜伯尔，花点钱去官府走动走动，离借据到期还有半个月时间。他要是还不上钱，我会把他的心挖出来。威尼斯没了他，以后生意怎么做我说了算。去吧，杜伯尔，咱们在教堂里见。去吧，杜伯尔，咱们在教堂里见。 |

分头下

## 第二场 / 第十四景

贝尔蒙特

巴萨尼奥、鲍西娅、葛莱西安诺、尼莉莎及各自扈从上

**鲍西娅** 我求您行动稍慢,不要太冒险,
何妨等两天,因为您一旦错选,
我就失去友伴。所以姑且放缓。
我心里感觉,我有点放不下您,
但这又不像是爱,您心中了然
这也不是恨,恨不会这样表现。
可我又怕您不能明白我的心思——
女孩子有心事却不便信口开言——
我真想留您在此住上一两个月,
然后再让您为我而冒险。虽然
我可暗授天机,但那有违誓言,
我断然不敢。于是您也许选错。
您一旦错选,会使我产生恶念,
后悔不曾违誓。叵耐您这双眼,
勾走了我的魂儿,分我成两半:
一半属于您,另一半也属于您,
不,属于我,我的也由您独占。
您把一切全占完。这邪恶时代,
使财产拥有者远离财产享用权!
故我属于您又不属于您,结果
若如此,非我之错,实命途多舛。

　　　　　　　我是故意喋喋不休，恕我多言，
　　　　　　　我的目的无非是尽量拖延时间，
　　　　　　　免得您草率行事马上就去挑选。
巴萨尼奥　　让我选吧，
　　　　　　　我现在真是如受拷问，如坐针毡。
鲍西娅　　　拷问，巴萨尼奥？那您且供认，
　　　　　　　在您的爱情中隐藏着什么背叛？
巴萨尼奥　　没有背叛，我只不过内藏隐忧，
　　　　　　　战战兢兢，怕难享爱果的甘甜；
　　　　　　　若背叛居然能与我的爱情共在，
　　　　　　　则冰火之间也就能融洽与安闲。
鲍西娅　　　唉，我怕您受刑不过才说这话。
　　　　　　　刑床上的人常会被迫胡侃瞎编。
巴萨尼奥　　您饶我一命，我就会吐露真情。
鲍西娅　　　好，那您就招供来把性命保全。
巴萨尼奥　　那我便从实招来："我爱您。"
　　　　　　　这供词汇集我心中万语千言。
　　　　　　　啊，好舒服的拷问！这刑官
　　　　　　　巧传给我如何能免刑的答案！
　　　　　　　我先试试运气，借匣子一观。
鲍西娅　　　那就请吧！我的小像在其中
　　　　　　　一匣；您若真爱我必能发现。
　　　　　　　尼莉莎和其余的人都站一边。
　　　　　　　在他选择之际，让音乐奏响；
　　　　　　　使他一旦失败能像天鹅一般

在乐声中死灭[1]；更好的譬喻
还可这样说：我将泪如涌泉，
掩覆他的尸身。但他若胜利，
那音乐又将如何？号角震天，
恰如忠心的臣子们俯伏迎迓
新王加冕，或恰似柔音段段
妙语轻歌送清响于破晓黎明，
飘旋而潜入梦中新郎的耳畔，
催他前赴燕尔新婚。他去了，
潇洒高贵，一怀情真更缠绵，
更胜赫剌克勒斯，英雄少年，
曾拯救哀号的特洛伊王祭献
海怪的公主[2]。我，也是祭品，
任特洛伊妇女似的侍女旁观，
泪眼模糊地站立着等候选择
结果。啊，赫剌克勒斯，向前！
您活我就活。看您激战方酣，
我更惊骇疑惧，比您更心烦！（此时音乐起）

歌声起。巴萨尼奥品评着匣子

---

1 像天鹅一般在乐声中死灭：人们认为天鹅死亡时会唱歌。参见斯宾塞（E. Spencer）《牧人月历》（*The Sheperd's Calendar*，1597）。——译者附注
2 赫西俄涅（Hesione）是特洛伊（Troy）公主。据希腊神话，特洛伊王答应把她献祭给海怪，最后希腊英雄赫剌克勒斯（Hercules）斩杀海怪，救出了她。

| | |
|---|---|
| **歌者** | 试问春情何处潜？[1] |
| | 孕在大脑或心间？ |
| | 怎出生，怎成年？ |
| | 快说，答案！ |
| | 爱情结胎在双眼， |
| | 四眸凝注养胎田， |
| | 呱呱坠地便归天， |
| | 情灭敲钟作悼言。[2] |
| | 我来敲——叮，当！ |
| **众** | 叮，当！叮，当！ |
| **巴萨尼奥** | 看来外表与本质相差天远， |
| | 世人却易被表面装饰蒙骗。 |
| | 法律上有哪件龌龊的案子， |
| | 不是以花言巧语装点门面， |
| | 遮盖邪恶真颜？宗教异端 |
| | 邪说有哪桩未获得传经者 |
| | 虔诚祝福以及虚饰的证言、 |
| | 刻意引经据典把邪恶遮掩？ |

---

[1] 这首曲子的尾韵是 /ed/，与英语 lead（铅）同韵。通过三次重复 /ed/ 这个语音，显然鲍西娅是在向巴萨尼奥暗示"铅"箱。这里的译法，考虑了这种双关语音暗示，分别译作"潜"、"间"、"年"、"言"，它们的韵脚都是 ian 音。鲍西娅智谋超群。这种作弊巧妙之极。但巴萨尼奥是否是从歌声中得到暗示而作出正确选择，不得而知。——译者附注

[2] 歌词认为爱情要在眼睛中而不是心灵中结胎，可见它表达的只是以貌取人的爱情。摇篮（cradle）代指初生婴儿。原文注释为 its infancy / the eyes（爱情或眼睛），鄙意误。摇篮中的婴儿是爱情死亡的象征。婴儿出生意味着爱情死亡，所以有"呱呱坠地便归天"的说法。显然这不是鲍西娅追求的爱情，也不是匣子设计者（即鲍西娅之父）认同的爱情。金玉其外，也许败絮其中。铅匣的外表最简陋、最低贱，而鲍西娅的小像恰恰藏在其中。这说明鲍西娅和她父亲一样都强调发自内心的真挚爱情，而不仅仅是迷恋外表的爱情。——译者附注

世上还无这样愚蠢的恶棍，
居然不自己戴上道德冠冕。
多少懦夫心似流沙堆成栈，
松软，却有赫刺克勒斯髯，
俨然蓄着战神长须衬怒眼，
剖胸试看，不过乳白之肝[1]。
这些人只徒有凶悍的表面，
竟令人敬畏！再看那美色，
无非是靠重金堆积出特产，
看起来像天地之间一奇观，
越浓妆艳抹，越轻薄浮泛。
再看蛇形流走的金丝发卷，
风儿一吹，便会起舞翩翩，
浪荡于美人头，但谁不知
这只是墓中枯骨上的遗产，
曾在从前某妇人头上飘旋。[2]
所以这装饰是诱人的海岸，
引向怒海险滩，是美丽的
面幕，要将黑美女郎[3]遮掩；
总之，邪恶时代用假真理
将智者欺骗。黄金，耀眼，
弥达斯王之硬食[4]，啊，再见！

---

1 乳白之肝：据信，勇气产生于肝。懦夫的肝因为缺血而呈苍白色。
2 此处指当时流行的假发，是用墓中已故妇人的头发制作的。
3 黑美女郎：原文为 Indian beauty。伊丽莎白时代的人曾崇尚黑肤色。
4 弥达斯王之硬食（Hard food for Midas）：古希腊神话中的国王弥达斯得点金术，凡手指所触之物，皆变黄金。因国王太贪婪，触物即点，食物亦皆成金而不能食。

>           我也不要你，惨白的银奴，
>           辗转于人手。可寒碜的铅，
>           你让人害怕，不给人希望，
>           我喜欢你的质朴而非雄辩，
>           就选你吧，但愿结果圆满！

**鲍西娅**　（旁白）喜一切忧烦全都烟消云散！
　　　　　鲁莽的绝望、疑虑与为难，
　　　　　战栗的恐惧、忌妒的猜嫌！
　　　　　爱情啊！且慢，节制狂欢，
　　　　　勿让喜泪倾盆，设定界限，
　　　　　我感到幸福横溢，快打住，
　　　　　我怕要喜极而癫！

**巴萨尼奥**　（开铅匣）我看见了什么？
　　　　　鲍西娅的美丽画像！是哪位
　　　　　大师的杰作？流盼的双眼？
　　　　　它们是因为我的眼球在动，
　　　　　因而随着旋转？朱唇两片
　　　　　微吐馨香，这气息太甘甜，
　　　　　正合嘘开芳唇。看这发卷，
　　　　　画师必化身蜘蛛，吐金丝，
　　　　　织发网，网罗住男士心坎，
　　　　　疾胜蛛网陷蚊虫。那双眼——
　　　　　他怎能睁目画出？他画完
　　　　　一只眼，自己的目力必被
　　　　　画眼夺走，故余眼难画全。
　　　　　唉，罄尽美文句，我依然
　　　　　说不完画像之妙；但画像

离她真美还远若天上人间！
啊纸卷，我命运由你宣判。
(念)
"君不择物凭外观，
善猜善选好运兼。
既得名花入怀抱，
知足莫求野花鲜。
君若真心爱此缘，
视作平生心底欢，
且请回身向处子，
吻得终身长比肩。"
好诗啊。美人，恕我大胆，[1]
我奉命来把您我深情交换，
恰像比赛场上夺冠的健儿，
凭他人判断自己非同一般，
虽听得掌声雷动全场呐喊，
却神晕目眩，疑惑而木然，
不知这呼喊是在对谁称赞。
绝世佳人，我的处境相似，
不知我所闻所见真在眼前，
除非你画押、肯定、认签。

**鲍西娅** 巴萨尼奥公子，这就是我，
站在您面前。我真的不敢
由于自私而奢望自身的我
更好一点，但为您，我愿

---

[1] 其他版本中，此处有舞台提示语"吻鲍西娅"。——译者附注

现在的我有六十倍的改善，
再加千倍娇美，万倍有钱，
好让我在您心中高若云天，
贤德、美貌、亲朋和财产，
都无与伦比。可我这身价，
实在是等于零[1]。总而言之，
我缺调教、无知，少经验。
所幸我还在春碧桃芳之年，
为学尚有期；更可庆幸者，
我非天生愚钝，可教可勉；
最可幸者，我有贤惠柔心，
奉献君前，任听您的驱遣，
您是夫君、主上和总管。
我本人以及我所有的一切，
现在属于您；这巍巍华殿，
女仆男差，都曾由我独断，
我是自主女王，然而现在，
这屋宇、仆人和同一个我，
都属于您，夫君。我奉献

---

[1] 实在是等于零：鲍西娅这里说的是隐晦的脏话。若只理解成一无所有的意思，就显得鲍西娅太矫情。她明明是大富翁的女儿，有巨量家产，怎么会一无所有？各种译本均未理解透彻。虽有把原文里的 nothing 译成"零"者，未加注释，也仍然未解莎士比亚本意；nothing 即零，可写作〇，暗示女性生殖器。同类用例参见《罗密欧与朱丽叶》(第一幕第四场)：罗密欧："闭嘴吧，茂丘西奥，别说啦！／你就会胡诌什么阳洞阴沟。"其中，"阳洞阴沟"的原文是 nothing，而注释指出这个词暗指"阴道"。——译者附注

|  |  |
|---|---|
|  | 指环[1]及一切，你若离失它、<br>送掉它，便预示恩消情断，<br>那时节休怪我翻脸出恶言。<br>（将指环套上其指） |
| 巴萨尼奥 | 小姐，您真让我无话可说，<br>我唯借热血化作爱语流传。<br>我的官能已变得神智不醒，<br>宛若欢腾的民众听到一篇<br>绝妙的演讲词吐出于他们<br>可敬的君王之口，猛然间，<br>欢声雷动，只闻万千絮语<br>意义含混融汇成轰轰一片，<br>是狂欢，脑中却只觉茫然。<br>我若失指环，便算是丧生，<br>您大可说巴萨尼奥已完蛋！ |
| 尼莉莎 | 姑爷、小姐，我们已旁观<br>很久，喜天趁人愿，我们<br>恭喜二位：男欢！女也欢！ |
| 葛莱西安诺 | 巴萨尼奥大人和高雅女士，<br>愿你们想有多欢就有多欢！<br>我确信你们抢不走我的欢。<br>一旦二位要举行婚礼庆典，<br>我求你们让我在同一时间，<br>也有机会实现结婚的心愿。 |

---

[1] 指环：原文为 ring，又译"戒指"。环形似女性阴道，故女方赠环象征托付终身，包括其贞节。若失环则象征双方爱情不保。第五幕中的大量剧文围绕此点打趣，可参看。——译者附注

| | |
|---|---|
| **巴萨尼奥** | 好哇,只要你也有小心肝。 |
| **葛莱西安诺** | 谢大人,您已给了我一个。 |
| | 小人眼睛与大人的一样尖, |
| | 您看上小姐,我看中丫环; |
| | 您爱得要死,我爱得发癫。 |
| | 大人,我下手并不比您慢。 |
| | 您的运气靠什么匣子来定, |
| | 我也差不多;我嘻皮笑脸, |
| | 勾她引她,弄得满身大汗, |
| | 我折腾出一大串恩爱誓言, |
| | 说得口燥唇干,最后总算 |
| | 有些效验,这美娇娘许愿, |
| | 要是您命定娶得她的小姐, |
| | 我就可搞定她的心田。 |
| **鲍西娅** | 这是真的吗,尼莉莎? |
| **尼莉莎** | 是真的,小姐,如蒙允准。 |
| **巴萨尼奥** | 葛莱西安诺,你也是真心? |
| **葛莱西安诺** | 是的,大人。 |
| **巴萨尼奥** | 有你们助兴,我们的婚宴会更光彩。 |
| **葛莱西安诺** | 我们跟他们赌一千金币,看谁先搞出男孩。 |
| **尼莉莎** | 怎么,还要赌谁输谁赢? |
| **葛莱西安诺** | 不,干这种事谁不硬都不行[1]。 |

---

[1] 干这种事谁不硬都不行:原文为 we shall ne'er win at that sport, and stake down,此句为脏话。这里的 sport(运动)指游戏和性交。stake down(下赌注)暗指不能勃起的阴茎。

啊，谁来啦？罗兰佐和他的野娘子[1]吗？
什么！还有我那威尼斯老友萨莱尼奥？

罗兰佐、杰西卡与萨莱尼奥上

**巴萨尼奥** 欢迎！罗兰佐、萨莱尼奥！
我才为宅主，且擅用新权，
欢迎你们的到来。亲爱的
鲍西娅，还请您恕我斗胆
向同乡老友问安。

**鲍西娅** 夫君，我也竭诚表示欢迎。

**罗兰佐** 谢谢巴萨尼奥大人，本来，
我并不是要和您在此会面，
谁知半路上碰见萨莱尼奥，
拼死拼活要把我拽到此处，
根本不由我分辩。

**萨莱尼奥** 大人，他确实是我拉来的，
我这么干有理由。大人请看，
安东尼奥先生向您问安。
（递给巴萨尼奥一信）

**巴萨尼奥** 好，我来拆信，在这之前，
请问我的好友近况可好？

**萨莱尼奥** 他没有病，除非病在心坎；
他不康健，除非感觉心宽。
看信吧，信里写得周全。
（巴萨尼奥拆信）

---

1 野娘子：原文是 infidel，意为"异教徒"。根据全剧剧情活译为"野娘子"，此处指杰西卡。
——译者附注

| | |
|---|---|
| 葛莱西安诺 | 尼莉莎，招待好这位客人。<br>萨莱尼奥，您好。威尼斯<br>可有消息吗？好安东尼奥<br>如何？我们成功他必喜欢，<br>我们是取金羊毛的伊阿宋。 |
| 萨莱尼奥 | 但愿他失去的羊毛能复还。 |
| 鲍西娅 | 那信中必有不祥消息包含，<br>巴萨尼奥的脸色突然大变；<br>许是好友归天，否则世间<br>何物会改变这位处事泰然<br>的男子汉。唔，越发糟糕？<br>巴萨尼奥，我是您的一半，<br>这信给您带来的任何不幸，<br>听着，我都有一半分担权。 |
| 巴萨尼奥 | 啊，亲爱的鲍西娅！<br>信中所写悲情，举世罕见，<br>纸墨难宣！我的善良佳人，<br>当我第一次向您吐诉情缘，<br>我就曾坦诚相告，论财产，<br>我仅有血脉流和绅士高风，<br>那都无半句虚言。但欣然<br>自命为一介寒士，也还是<br>有点夸诞。当我自吹贫寒、<br>一无所有，我该道破实情：<br>我比贫寒更惨。我已身缠<br>重债，欠下一好友许多钱，<br>还连累他借了仇家的巨款， |

好让我挺过难关。小姐啊，
这信如同我朋友身体五官，
其中每个字都是淋血创口。
萨莱尼奥，难道真如你言？
他的船全遭难、无一平安？
墨西哥、里斯本、巴巴里、
的黎波里、印度、英格兰，
他在这些地方的船全毁灭、
全撞上了害人的礁石险滩？

**萨莱尼奥** 大人，全部遇难。
更何况，即使他现在有钱
还那犹太人，那家伙似乎
也不肯收款。我平生未见
过这种畜牲，披了张人皮，
却挖空心思只想残害同伴。
他没日没夜地把公爵纠缠，
说若不给他公道，威尼斯
自由何在？于是公爵出面，
偕二十个商人及最有名望
的士绅，齐对他苦苦相劝，
可无人能劝得他心回意转，
他咬定按法按约重罚从严。

**杰西卡** 我在家时听他向两个同乡，
杜伯尔和丘斯，发过誓言，
说他宁取安东尼奥身上肉，
也不愿收受二十倍的欠款。
大人啊，要是法律和威权

|||无法将他阻拦，那可怜的
安东尼奥恐逃不过鬼门关。
鲍西娅|这个倒霉的人是您的好友？
巴萨尼奥|我的密友亲朋，心肠慈善，
秉性谦和，尤在行侠仗义
方面，在他身上还存留着
古代罗马人的侠肝与义胆，
非当代意大利人可以比肩。
鲍西娅|他欠那犹太人多少钱？
巴萨尼奥|他为我向他借了三千金币。
鲍西娅|什么，就这么一点数目吗？
叫他毁掉借据，还他六千，
不，两个六千或三个六千，
千万别因巴萨尼奥的缘故，
害这样一位好友毫发有减。
你先随我去教堂认我为妻，
然后到威尼斯把好友照看。
鲍西娅决不让你怀着忧心
睡在她身畔。眼下这笔钱，
是那笔小小借款的二十倍，
你偿清债务后携友来此间。
侍女尼莉莎陪我在家一如
未嫁之前。好，就这么办！
大婚时节你却赴远水千山，
迎归好友，大家快乐团圆。
因君费万钱，我爱更无边。
来，请念念你朋友的信件。

| | |
|---|---|
| 巴萨尼奥 | （念）"巴萨尼奥兄如晤：弟商船悉皆遇难，债主催讨日急，境况蹙迫。与犹太商人所签借据，业已超期；倘如约行罚，则我命休矣。兄所欠弟诸债务，宜从此勾销，惟盼永诀之前，能与兄面晤。然兄或缠身情事，不便远徙，则亦请自安，此函弃之可也。" |
| 鲍西娅 | 啊，快料理好一切，速速启程！ |
| 巴萨尼奥 | 承蒙允准探望故人去乡关，<br>我当立即动身；届时必还。<br>虽星夜漫漫不敢床榻合眼，<br>天水相隔两情相思更缠绵。[1]         众人下 |

## 第三场　／　第十五景

威尼斯
犹太人夏洛克、萨拉里诺、安东尼奥及狱吏上

| | |
|---|---|
| 夏洛克 | 牢头，看紧他，别讲啥慈善。<br>这就是那傻瓜放债不取利钱。<br>牢头，好好看住。 |
| 安东尼奥 | 好夏洛克，你再听我一言。 |

---

[1] 虽星夜漫漫不敢床榻合眼，／天水相隔两情相思更缠绵：原文为 No bed shall e'er be guilty of my stay, ／ No rest be interposer 'twixt us twain. 此两行含义非常模糊，似为莎士比亚喜用的双关语。故也可译为：卧榻不因故乡滞留成罪犯，／你我之间休让他者乱流连。供参考。此两行诗似也为第五幕中的喜剧性误解做了铺垫。——译者附注

| | |
|---|---|
| **夏洛克** | 照约严办；契约不可推翻，<br>我已发誓维护契约的尊严。<br>你从前无缘无故骂我是狗，<br>既然是狗，小心狗牙绽现。<br>公爵会主持公道不倚不偏。<br>真奇怪，你这愚蠢恶牢头，<br>竟随他意陪他溜到牢外边。 |
| **安东尼奥** | 我求求你，再听我一言。 |
| **夏洛克** | 照约严办；别再啰唆纠缠，<br>照约严办；别再乱语连篇。<br>我才不是傻瓜，易骗心软，<br>听了基督徒几句劝，就会<br>叹气摇头，网开一面。别<br>跟着我，住嘴，照约严办。 犹太人下 |
| **萨拉里诺** | 这真是人世间一头恶犬，<br>完全不能接受他人意见。 |
| **安东尼奥** | 随他的便吧，<br>我再不徒费唇舌求他宽限。<br>他要我死，他的动机昭然。<br>好多人因还不起他的债款，<br>来求我相助，我解囊相帮，<br>于是和他结怨。 |
| **萨拉里诺** | 我相信公爵一定不会允许<br>这借据的要求兑现。 |
| **安东尼奥** | 公爵不能无视法律的条款，<br>外邦人和威尼斯人都享有<br>共同的法权，倘一旦有变， |

则城邦的公道就无法保全。
须知威尼斯仰仗各国商贩
来保障利润和商贸。走吧,
这些损失悲哀正把我摧残,
我心力交瘁,怕到了明天,
已无一磅肉偿还血腥债主。
愿上帝让巴萨尼奥亲眼见
我替他还债,我死而无憾! 　　　　　同下

## 第四场 / 第十六景

贝尔蒙特
鲍西娅、尼莉莎、罗兰佐、杰西卡与鲍西娅仆从鲍尔萨泽上

**罗兰佐** 　夫人,我真不便当面夸奖,
　　　　您的确高尚,对神圣友谊
　　　　刻骨铭心;您此举真胆壮,
　　　　识大义而能暂舍儿女情长。
　　　　您若知谁是您施惠的一方,
　　　　知您救援者何等正直善良,
　　　　知他本是尊夫之莫逆之交,
　　　　我相信您一定因此而相当
　　　　自矜,喜这善举非比寻常。
**鲍西娅** 　行善事我从来不算后悔账,

　　　　　　眼下更不应当。三三两两朋友聚，谈心消遣度时光，相敬相爱，灵犀一点通融，其容貌、风仪和习性修养，也必相近相通；所以我想，这位安东尼奥既然与夫君本是情同手足的好友同窗，则其为人亦必与夫君相像。若真如此，我从万劫不复之境地拯救与我灵魂相仿之人杰，岂在乎些许银两！此言未免太近于自我表彰，姑且打住，我还有话要讲。罗兰佐，在我夫君回来前，我家中杂务须得有人顾望，故请您帮忙；至于我自己，已默许重誓，对莽莽上苍，我将每日沉思祈祷，只让尼莉莎陪在我身旁，直到我们各自的夫君回到此邦。离此六七里，有所修道院，我们将寄身该处。我盼望您不要回绝我这小小要求，这不仅因我个人情思意想，还因有其他要事劳您承当。

**罗兰佐**　　夫人，我谨以这一腔热肠唯您命是从，满足您愿望。

第三幕 / 第四场

| | |
|---|---|
| 鲍西娅 | 仆人们都已明了我的意思，<br>他们会为您和杰西卡捧场，<br>就像对巴萨尼奥和我一样。<br>再见了，后会有期。 |
| 罗兰佐 | 愿您有好心情和快乐时光！ |
| 杰西卡 | 愿夫人一切称心如意！ |
| 鲍西娅 | 多谢多谢，愿以同样热肠<br>祝二位安康。再见，杰西卡。　　　　　杰西卡与罗兰佐下<br>听我说，鲍尔萨泽，<br>你的诚实可靠，我向来欣赏，<br>愿你至今如常。<br>（递过信）拿好这封信，<br>使尽你平生能有的最大力量<br>火速送到帕多瓦，把它交由<br>我的表兄贝拉里奥博士收藏；<br>他若有回信和衣服托你转交，<br>你就收下，并直奔到码头上，<br>速度要快，随即乘公共渡船<br>赶到威尼斯。去，别再多讲。<br>我会先你而到达威尼斯水乡。 |
| 鲍尔萨泽 | 夫人，我会以最快速度赶去。　　　　　　　　　　　　下 |
| 鲍西娅 | 来，尼莉莎，还有一个情况<br>你不知道；我们的丈夫就将<br>看到我们，事先想都没想到。 |
| 尼莉莎 | 他们会看见我们吗？ |
| 鲍西娅 | 他们将会看见我们，尼莉莎，<br>我们的打扮定会让他们推想 |

我们并不缺那一样[1]。我打赌，
要是我俩全都扮成了少年郎，
我看起来一定会比你更漂亮，
我身佩利刃也一定英气超常
我讲话时沙声沙气破着嗓子，
就正如快成年的男孩子一样。
我会大步流星而非碎步如云，
还会谈武论剑吹大牛说大谎，
多少名门闺秀向我投怀送抱，
我不接纳，她们便病死郊荒。
我无计可施，心中着实不忍，
悔不该迷煞裙钗竟成夺命郎。
此类瞎编谎我诌得出二十个，
听者定会以为，我走出学堂，
才一年之久。这种吹牛花样，
在我脑瓜里少说也有一千种，
搬出来用用何妨。

**尼莉莎**　嗨，难道我们要女扮男装？
**鲍西娅**　呸，什么叫女的把男的装[2]？
淫妇听了这话不知怎么想！
快，车子早停在花园门口，
等上了车，再跟你仔细讲，
我妙计在锦囊。征程在望
六十里，待我们策马飞缰。　　　　　　同下

---

1 我们并不缺那一样：原文为 that we lack，意为"我们缺少的东西"，指男性阴茎。
2 女的把男的装：指和男人有染。这是鲍西娅故意把尼莉莎的话曲解为性相关语。

## 第五场  /  第十七景

小丑朗斯洛特与杰西卡上

**朗斯洛特**　说真的,你要当心,父亲的罪恶要由子女承担的:因此,说实话,我为你担心。我一向对你坦诚相待,这次也不讳言:放心好了,你总归是要下地狱的。不过还有一线希望,或许于你有益处。可是那也不能算是个体面的希望。

**杰西卡**　请你告诉我,是什么希望呢?

**朗斯洛特**　嗯,你可以心存侥幸希望你父亲生的不是你,你不是这个犹太人的女儿。

**杰西卡**　这个想法可真上不了台面。这样说来,我母亲的罪恶也要报应到我身上啦。

**朗斯洛特**　那倒是真的,我担心你从父母两方面都要受罪了:好比是逃过了斯库拉,你的父亲,又撞上了卡律布狄斯,你的母亲。[1] 好吧,你谁也绕不开了。

**杰西卡**　我可以靠着我的丈夫得救;他已经把我变成一个基督徒了。

**朗斯洛特**　他大错特错啦。基督徒已经多到快没有地方住了。基督徒这样大批出现会导致猪肉价格上涨。如果我们都吃猪肉,怕是花多少钱也买不到一小片熏肉了。

罗兰佐上

**杰西卡**　朗斯洛特,我要把你的话告诉我丈夫。他来啦。

**罗兰佐**　朗斯洛特,如果你再缠着我的妻子想要流氓的话,我要吃

---

[1] 斯库拉(Scylla)与卡律布狄斯(Charybdis)是亚平宁半岛与西西里之间的两块岩石,内藏怪兽,每天三次喷吸海水,致舟覆没。

醋啦。

杰西卡　不，罗兰佐，你不用担心。我已经跟朗斯洛特翻脸啦。他不客气地对我说，因为我是犹太人的女儿，上帝对我是不会仁慈的。他还说，你也不是个好公民，因为你把犹太人转变成基督徒，让猪肉价格涨起来了。

罗兰佐　要是政府质问我，我自然有话回答。倒是你，你弄大了那个黑人的肚子，该怎么办呢。黑人姑娘怀了你的孩子，朗斯洛特。

朗斯洛特　那个黑人姑娘失去理智怀了孩子，固然是件大事。可是如果她不是个老实人，那我可真是看走眼啦。

罗兰佐　连傻子也说起俏皮话了！我看不久之后连口才最好的人也得闭嘴，就剩下鹦鹉在那叽叽喳喳大出风头。给我进去，小鬼，叫他们准备好开饭了。

朗斯洛特　早准备好了，先生，他们正等着大快朵颐呢。

罗兰佐　老天爷，你还挺会说话的！那叫他们把饭菜准备起来。

朗斯洛特　都准备好了，老爷。您吩咐"摆桌子"就好。

罗兰佐　那么由你来吩咐，如何？

朗斯洛特　那可不行，老爷，我知道自己的身份。

罗兰佐　还要我浪费多少口舌！你今天是打算把你的机灵全抖出来？拜托，我是个爽快的人，说的话按字面意理解就行。招呼你的伙伴去，让他们摆桌、上菜，我们要吃饭啦。

朗斯洛特　老爷，桌子会摆好，饭菜会端上来；至于你们是否进来吃饭，敬请自便。

　　　　　　　　　　　　　　　　　　　小丑朗斯洛特下

罗兰佐　看他心思多缜密，用词多精炼！
　　　这个傻瓜脑子里净是佳句良言。
　　　我认识不少傻瓜，
　　　地位比他要高，也好咬文嚼字，

废话连篇不谈正事。
你好吗，杰西卡？
亲爱的好人儿，你来说说
你觉得巴萨尼奥妻子怎样？

**杰西卡** 好到无话可讲。
巴萨尼奥理应安分守己，
能娶到这样一位美娇娘，
在人间把天堂的福来享。
如果身在福中不知惜福，
天堂的门永远对他关上。
若有两位天神想用两位
美女来做赌注，鲍西娅
合格，另一位还有疵瑕，
人间简陋，鲍西娅无价。

**罗兰佐** 有我做丈夫
和有她做妻子一样好。

**杰西卡** 不，这事你得问问我的想法。

**罗兰佐** 我会的。我们先去吃饭吧。

**杰西卡** 不，我兴致正浓，让我把你夸。

**罗兰佐** 不了，作为吃饭的谈资好啦。
不论你口出良言还是恶语，
我全部消化。

**杰西卡** 那好，你可要听好了。　　　　　　同下

# 第四幕

## 第一场 / 第十八景

威尼斯
公爵、众绅士、安东尼奥、巴萨尼奥、葛莱西安诺率萨拉里诺及其余人上

**公爵** 嗨,安东尼奥在吗?
**安东尼奥** 我在这儿,殿下。
**公爵** 我为你难受,你对簿公堂,
偏偏面对无情无义的混账,
这家伙不懂怜悯、少慈悲,
生就一副铁石心肠。
**安东尼奥** 我已耳闻
殿下曾尽心竭力游说对方,
缓解其强硬立场,奈何他
置若罔闻,眼下实无法杖
可助我脱他魔掌,我只能
默受其专横,淡然对心殇,
且忍受他无边残暴与疯狂。
**公爵** 来人,给我传犹太人上堂。
**萨拉里诺** 他在门口。他来了,殿下。

夏洛克上

**公爵** 大家让让,他好站在前堂。
夏洛克,我和大家都在想,
你这凶狠样子不过是伪装,

到最后时刻,你自会怜悯
慈悲,这比你的凶残表相,
更显得出人意料奇警非常。
你现在虽然坚持按约行罚,
取下这不幸商人肉身一磅,
但你最终会放弃这种法权,
甚至还会豁免他部分欠账,
因为你深心难泯人性天良。
你瞧他多么值得人们怜悯,
背负重重巨债与亏损灾殃,
纵业界商王也已产业消荡,
此情此景,让人悲心骤起,
即便是铜铸胸腔铁石心肠,
即便是鞑靼人和土耳其人,
也不再固守不知礼仪之邦。
犹太人,愿你回话更温良。

**夏洛克** 回殿下,我意已禀告周详;
凭圣安息日起誓,我必当
按约行罚,获得应有赔偿。
若殿下枉法,则恐贵城邦
典章受损,自由难受保障。
若问我为何宁取臭肉一磅
而竟不愿意接受金币三千,
我偏不愿告诉您答案真相。
我癖气如此。这算回答吧?
假如我房间里有老鼠猖狂,
我愿出万金让人把它毒死,

　　　　　　　干你何事？这回答怎么样？
　　　　　　　有的人看不惯张嘴的烤猪，
　　　　　　　有的人看见猫儿就要发狂，
　　　　　　　还有人一听见风笛声嘹亮，
　　　　　　　就忍不住尿洒裤裆；癖气，
　　　　　　　是情绪之王，厌恶或欣赏
　　　　　　　由它作主张。这就是回答：
　　　　　　　有些事本来就无理由可讲，
　　　　　　　所以有人受不了咧嘴的猪，
　　　　　　　有人见了好猫儿也要发狂，
　　　　　　　还有人难耐风笛声音嘹亮，
　　　　　　　只因天生癖气，被人惹恼，
　　　　　　　也就情不自禁要冒犯对方。
　　　　　　　故我不说理，也不想说理，
　　　　　　　我只对安东尼奥仇深恨广，
　　　　　　　故甘愿赔本与他对簿公堂。
　　　　　　　这就是回答，您听到了吗？
巴萨尼奥　　你这狼心狗肺之人，休想
　　　　　　　用狡辩使你的残忍得原谅。
夏洛克　　　我的回答不是要讨你喜欢。
巴萨尼奥　　难道人所不喜者就须灭亡？
夏洛克　　　人所不欲灭，人岂会恨之？
巴萨尼奥　　初次冒犯，不应仇深恨长。
夏洛克　　　嗐！你愿被毒蛇两次咬伤？
安东尼奥　　记住您在跟这犹太人讲理，
　　　　　　　这就有如独立于海滩之上，
　　　　　　　喝令浪涛高度休超越往常。

或责问豺狼为何害得母羊
因失去其羊羔而啼泪哀伤。
您倒不如命令山上的松柏，
不得晃脑摇头、发出声响，
纵然有狂风骤然自天而降。
你甭想软化这犹太人心房——
还有何更硬之物在这世上？——
软化他，这难事天下无双。
劝您别跟他谈条件求商量，
倒不如开门见山直截了当，
一判而让犹太人如愿以偿。

**巴萨尼奥** 借你三千还六千，怎么样？
**夏洛克** 即便这六千中每块分六份，
每份都可以与一块钱相当，
我也不要；只要照约赔偿！

**公爵** 这么狠，将来就不求人恩？
**夏洛克** 我不犯法，恩法于我何妨？
你们多少人买下奴隶成群，
使他们宛若驴狗骡马一样，
哀伤凄苦，被钱买断身心。
我可否说让他们自由解放，
做你们家子女的新娘新郎？
为何他们就必须流汗负重，
而不能享受你们温软之床，
舌端难尝你们的美味浓汤？
你们说"奴隶是我们所有。"
我也说"这一磅肉我很想

　　　　　　　高价收藏。"是我的，我该收。
　　　　　　　您若拒绝，法律就是混账！
　　　　　　　威尼斯城无规章。请立判，
　　　　　　　回复：我是否会如愿以偿？
公爵　　　　我本来有权宣布现在退堂，
　　　　　　　但我在等待贝拉里奥到访，
　　　　　　　他是法学博士，我很希望
　　　　　　　他今日应邀来此听审。
萨拉里诺　　殿下，外面有一使者求见，
　　　　　　　她带着博士的书函，刚刚
　　　　　　　从帕多瓦来。
公爵　　　　把信给我；传那使者上堂。
巴萨尼奥　　振作起来，老兄，别慌张！
　　　　　　　犹太人可取走我骨肉血浆，
　　　　　　　我决不让你有一滴血流淌。
安东尼奥　　我是羊群里生病的阉公羊，
　　　　　　　天命该绝，如最糟的果子
　　　　　　　最先落地上，死了也无妨。
　　　　　　　巴萨尼奥，你要活着为我
　　　　　　　写下碑铭，你就功德无量。

尼莉莎书记员扮相上

公爵　　　　你可来自帕多瓦，委派于贝拉里奥？
尼莉莎　　　是的。贝拉里奥向您致意。（她递给公爵一信）

夏洛克用鞋底磨刀

巴萨尼奥　　你这样拼命磨刀有何意图？
夏洛克　　　好割这破落户身上一磅肉。
葛莱西安诺　混蛋，你是心毒而非刀毒，

|          | |
|----------|---|
| | 你这刻毒心刀之锋刃远超<br>任何武器和刽子手的利斧。<br>什么哀求能穿透你的心户？ |
| **夏洛克** | 没有。你如簧巧舌没用处。 |
| **葛莱西安诺** | 狗东西，滚！到阴曹地府！<br>天公瞎眼，竟容你这匹夫。<br>你使我的信仰都难以巩固，<br>差点信毕达哥拉斯[1]的断语，<br>说畜生的灵魂也可以转入<br>人体。你的恶狗魂灵原本<br>与狼同住，狼因吃人被诛，<br>于是凶魂从绞架之上潜逃，<br>钻进了你老娘龌龊的胎腹，<br>你自打生下来便豺狼成性，<br>嗜血、凶残，又贪婪无度。 |
| **夏洛克** | 你再骂也骂不掉借据印符，<br>喊破喉咙只伤你五脏六腑，<br>好老弟，补补脑，免得它<br>一塌糊涂。来，法律光顾！ |
| **公爵** | 贝拉里奥信中推荐了一位<br>年轻法学博士出庭辩护。<br>博士何在？ |
| **尼莉莎** | 他就在附近听候您的吩咐，<br>不知道殿下是否准他进入？ |
| **公爵** | 非常欢迎。快去三四个人， |

---

[1] 毕达哥拉斯（Pythagoras）：古希腊哲学家，认为灵魂可以转世投胎。

把博士恭恭敬敬领到此处。　　　　　　　若干侍从下

法庭现宣读贝拉里奥来信。

（念）"殿下左右：大函敬悉，在下疾病方婴；然贵使到时，舍间恰有一罗马年轻法学博士鲍尔萨泽君来访。在下曾就犹太人与商人安东尼奥争端案与该博士研讨辨析，稽考群书。凡在下对此案评议，彼皆洞悉。彼且参以己见，其宏富博识，非吾寥寥赞语所能道其万一。今特举荐博士，转呈鄙意，以代庖殿下所托重任。该博士尚在英年，然其练达老成，实吾平生罕见，乞万勿以其年少而有所轻忽。倘蒙聘用，必证吾言之不虚也。

专此布达，恭请金安。"

鲍西娅扮鲍尔萨泽上（律师扮相）

　　　　　　诸位已知贝拉里奥之来信。
　　　　　　这位想必是那位博士先生。
　　　　　　您好。您是贝拉里奥前辈派来的？
**鲍西娅**　　正是，殿下。
**公爵**　　　欢迎欢迎；请入庭。
　　　　　　本庭今日案件的诸多争议，
　　　　　　足下是否都已经了然于心？
**鲍西娅**　　我已熟知相关的全部详情。
　　　　　　哪位是商人，哪位是犹太人？
**公爵**　　　安东尼奥和夏洛克，有请。
**鲍西娅**　　敢问你就叫夏洛克吗？
**夏洛克**　　夏洛克就是我的名姓。
**鲍西娅**　　你这场官司还真有点稀奇，
　　　　　　按威尼斯法律，各条章程
　　　　　　都难质疑你诉讼的合理性。——

　　　　　　按条约他是否决定你死生？
**安东尼奥**　他是这样宣称。
**鲍西娅**　这借据你可承认？
**安东尼奥**　我承认。
**鲍西娅**　那么犹太人应有慈悲之心。
**夏洛克**　凭啥硬性规定？请告理由。
**鲍西娅**　慈悲不是一种硬性的规定，
　　　　　　它飘然自天而降宛若甘霖，
　　　　　　浸润大地，双重赐福人间，
　　　　　　既赐予施主，也赐受施人。
　　　　　　这横绝万方之伟力，它比
　　　　　　皇冠更足以显示帝王身份。
　　　　　　帝王权杖[1]只昭显俗世权威，
　　　　　　让人民诚惶诚恐俯首称臣；
　　　　　　慈悲之大威却远胜过权杖，
　　　　　　它雄踞深藏于帝王的内心，
　　　　　　它是从属上帝本身的德性。
　　　　　　慈悲若能和公平相济相依，
　　　　　　俗世权威就德配上帝天庭。
　　　　　　犹太人啊，你虽力求公道，
　　　　　　想想，真按公道赏罚分明，
　　　　　　谁能获救永生？我们祈求
　　　　　　慈悲，何不都按慈悲指引

---

[1] 帝王权杖：原文为 His sceptre。此处的英文原文可能有误。根据上下文，权杖应该是指世俗帝王的权杖，而非慈悲的权杖。因此 His 可能是印刷错误，莎士比亚的本意是要用定冠词 The。这里理解为世俗帝王的权杖，以与下文慈悲之威力相对比。——译者附注

|  |  |
|---|---|
|  | 来点慈悲之行？我这番话，是在劝你别固守法律条文。若你还坚持，则威尼斯庭铁面无私，必判商人服刑。 |
| 夏洛克 | 我行慈悲在头顶！[1] 我只求法律许我照约行罚的公平。 |
| 鲍西娅 | 他是否无力偿还这笔欠款？ |
| 巴萨尼奥 | 不，我可以代他当庭还清。加倍偿还也行；若嫌不够，我愿签约抵押手、头、心，再偿还他原款十倍的罚金，若这样都还不能使他满足，那是邪恶执意将正直荡平。我求求您把法律稍作变通，犯一点小错，积天大德行，千万别让这恶魔肆意杀生。 |
| 鲍西娅 | 绝对不行，在威尼斯谁也无权将既成法律条文变更。今日若开了这样一个先例， |

---

[1] 我行慈悲在头顶：原文为 My deeds upon my head。据《马太福音》(第 27 章 25 节)，围观群众承认对耶稣之死负有责任。此处可能是借夏洛克之口作出的呼应。这是莎士比亚天才的双关语。一方面确实在用语上有回应《圣经》中耶稣受难场面的痕迹，但更主要的是，此处的 deeds(行动) 是回应上文中鲍西娅的 The deeds of mercy(慈悲之行)。鲍西娅规劝夏洛克，不要仅仅祈祷慈悲，更应该有实际的慈悲行动（比如，放过安东尼奥），但夏洛克认为，鲍西娅所说的慈悲行为只是一种情绪性行为，是受心指挥的，而自己的慈悲行为（My deeds）不是受心指挥而是受头脑（即理智）指挥的（upon my head）。此句也可以译作"我行慈悲在头不在心"。——译者附注

|  |  |
|---|---|
|  | 后发联翩失误因有例可循, |
|  | 便可堂皇跟进。绝对不行。 |
| 夏洛克 | 但以理[1]升堂了！啊，但以理！ |
|  | 法官年少英明，我好钦敬！ |
| 鲍西娅 | 你那契约可在？借我一观。 |
| 夏洛克 | 在，在，在，可敬的博士大人。（递契约给鲍西娅） |
| 鲍西娅 | 夏洛克，还款多达三倍哟。 |
| 夏洛克 | 不行啊，我已对天盟誓啦， |
|  | 岂敢让良心背上毁誓罪名？ |
|  | 不，给我个威尼斯都不行。 |
| 鲍西娅 | 不错，这份契约确实有效， |
|  | 按律法这犹太人权利分明， |
|  | 可从商人贴心的胸口割肉 |
|  | 一磅。但你若以慈悲为本， |
|  | 容我毁约而你得三倍罚金。 |
| 夏洛克 | 毁约应当在按约行罚之后。 |
|  | 您这法官看起来还算清明； |
|  | 您懂法律，讲话很有分寸。 |
|  | 您诚然是法学界砥柱精英， |
|  | 现在，我要借法律的威名， |
|  | 责成您立刻判案，凭灵魂 |
|  | 起誓，谁也别想巧言动我 |
|  | 决心。我只认得契约条文。 |
| 安东尼奥 | 我也诚心诚意地恳求法庭 |
|  | 从速宣判。 |

---

1 但以理（Daniel）：《圣经》人物，以断狱精明著称。

| | |
|---|---|
| 鲍西娅 | 好吧，那事情就这样进行： |
| | 你撩开胸襟，好承受刀刃。 |
| 夏洛克 | 啊，清官！真乃英年才俊！ |
| 鲍西娅 | 这契约上所定的惩罚规定， |
| | 跟法律本身的旨趣和精神 |
| | 一点也不矛盾。 |
| 夏洛克 | 可不是吗？您好正直聪明！ |
| | 表面看年轻，见识却老成！ |
| 鲍西娅 | 现在，烦请被告袒露胸膛。 |
| 夏洛克 | 对，胸膛， |
| | 契约上写得分明："贴心处"。 |
| | 清官，是这条文。 |
| 鲍西娅 | 是的。请问这里有否天平 |
| | 用来称肉？ |
| 夏洛克 | 我早就准备充分。 |
| 鲍西娅 | 夏洛克，你得花钱请医生 |
| | 替他裹伤，以免流血害命。 |
| 夏洛克 | 契约上还有这样的规定？ |
| 鲍西娅 | 契约上没这样表述；那有 |
| | 什么要紧？行善受人尊敬。 |
| 夏洛克 | （看契约）我找不到；约上没有这条。 |
| 鲍西娅 | 嗨，商人，还有话要说吗？ |
| 安东尼奥 | 没啥说了。我已气静心平。 |
| | 握握手，巴萨尼奥，再会！ |
| | 千万别因我为你遭受不幸 |
| | 而悲伤，此次的命运之神 |
| | 比往常更慈悲。她习惯于 |

　　　　　　让不幸者家产荡尽，只剩
　　　　　　凹陷的眼睛和额角的皱纹
　　　　　　去尝受暮年的贫困。而今，
　　　　　　她早为我斩断绵延的苦辛。
　　　　　　代我问候尊夫人，告诉她
　　　　　　安东尼奥结局和我俩深情，
　　　　　　以美言述我从容了却残生。
　　　　　　待故事讲完，再请她评判，
　　　　　　巴萨尼奥是否有诤友真心。
　　　　　　别因你将失去诤友而悔恨，
　　　　　　为你还债我真是快慰平生；
　　　　　　只要这犹太人把尖刀深进，
　　　　　　我便在刹那间把全债还清。
**巴萨尼奥**　安东尼奥，我已结婚娶妻，
　　　　　　她对我宝贵得像我的生命；
　　　　　　可我命、我妻以及全世界，
　　　　　　在我都比不上你命更奇珍；
　　　　　　我愿意丧失、牺牲这一切，
　　　　　　送给这恶魔，来救你的命。
**鲍西娅**　　尊夫人要是在此听见此话，
　　　　　　恐不会对您怀有感激之情。
**葛莱西安诺**　我也有妻子，我爱之甚殷；
　　　　　　可我希望她升天求上帝，
　　　　　　也好改变这狗杂种犹太人。
**尼莉莎**　　您背着她这样说，倒不要紧，
　　　　　　她若知情，府上必鸡犬不宁。
**夏洛克**　　基督教丈夫就是这个德性！

威尼斯商人

|  | （旁白？）我有个女儿，与其让她嫁<br>基督徒，不如嫁强盗子孙！<br>快宣判吧。别再浪费光阴。 |
|---|---|
| 鲍西娅 | 商人身上之一磅肉归属你；<br>此乃法庭判决，法律允准。 |
| 夏洛克 | 好法官，公正廉明！ |
| 鲍西娅 | 你必须从他胸口割下此肉；<br>此乃法庭判决，法律允准。 |
| 夏洛克 | 博才啊！判得绝！快准备！ |
| 鲍西娅 | 且慢，还有点事需要当心。<br>这契约上没写取血的规定，<br>清清楚楚只写明"一磅肉"。<br>故取肉一磅符合契约条文，<br>但在你割肉时，务求当心，<br>若流一滴基督徒之血，则<br>你现有全部土地财产等等<br>将按威尼斯法交国库封存。 |
| 葛莱西安诺 | 犹太人！听啊！好清官啊！ |
| 夏洛克 | 法律上有这样的规定？ |
| 鲍西娅 | 你自己可以查阅验证。<br>你要求公平我就给你公平，<br>而且比你所要求的更公平。 |
| 葛莱西安诺 | 犹太人！听啊！真清官啊！ |
| 夏洛克 | 我收三倍还款；一付清，<br>那基督徒就可走人。 |
| 巴萨尼奥 | 还款在这儿。 |
| 鲍西娅 | 等等！ |

|  |  |
|---|---|
|  | 这犹太人应得到绝对公平。 |
|  | 除了一磅肉,无任何罚金。 |
| 葛莱西安诺 | 啊,清官!廉官!博学官! |
| 鲍西娅 | 先生现可行割肉之罚。 |
|  | 但不准流血,要不重不轻, |
|  | 刚好一磅;若你所割之肉, |
|  | 比一磅略多一点或少一分, |
|  | 即使重量有一丝一毫差异, |
|  | 比如有二十分之一的不准, |
|  | 或天平有细如毫发的失衡, |
|  | 那么,按法就得将你抄家, |
|  | 同时你自己还得赔上性命。 |
| 葛莱西安诺 | 青天大老爷!再世但以理! |
|  | 异教徒!终于落在我手心。 |
| 鲍西娅 | 犹太人为何不动?快行刑。 |
| 夏洛克 | 请放我走吧。我只要本金。 |
| 巴萨尼奥 | 你的本金在这儿,拿去吧。 |
| 鲍西娅 | 不,他已当庭拒绝过还款, |
|  | 如今只能按约得绝对公平。 |
| 葛莱西安诺 | 再世但以理!青天大老爷! |
|  | 多谢犹太人教会我这名称。 |
| 夏洛克 | 难道我只拿回本金都不行? |
| 鲍西娅 | 犹太人,你除了冒险割肉 |
|  | 赌你命,此外不可得一文。 |
| 夏洛克 | 罢罢罢,魔鬼让他走好运! |
|  | 我放弃官司免纠纷。(欲走) |
| 鲍西娅 | 想溜? |

　　　　　　　法网让你溜不成。
　　　　　　　犹太人，威尼斯法有规定：
　　　　　　　凡经查明，若一个异邦人
　　　　　　　试图借助直接或间接手段
　　　　　　　谋害本邦任何公民之性命，
　　　　　　　则其所拥有财产之一半数，
　　　　　　　必判归受害者一方所收存，
　　　　　　　其余一半财产则没入公库。
　　　　　　　作奸犯科者之命按律悉听
　　　　　　　公爵发落，他者无权过问。
　　　　　　　你所触犯，正是这条法规。
　　　　　　　根据显而易见的案发过程，
　　　　　　　足证你运用直接间接手段，
　　　　　　　精心策划谋害被告之性命。
　　　　　　　以上所述危境，你已深深
　　　　　　　陷入其中。你唯一的出路
　　　　　　　是跪地求饶，请公爵开恩。
**葛莱西安诺**　求公爵开恩，允许你上吊；
　　　　　　　可惜你财产充公腰无半文，
　　　　　　　哪里还有钱买上吊的绳子？
　　　　　　　看来只好公费报销你老命。
**公爵**　　　　我让你见识基督徒的精神，
　　　　　　　你不求，也让你死里逃生。
　　　　　　　你财产的一半归安东尼奥，
　　　　　　　另外一半则交由国库封存。
　　　　　　　你若悔改，还可减为罚金。
**鲍西娅**　　　但安东尼奥所得不可减少。

| | |
|---|---|
| 夏洛克 | 别减，都拿去，连这条命。别宽恕我。你们拿掉支撑房屋的柱子，房子岂能存？拿走活命钱，哪里还有命？ |
| 鲍西娅 | 安东尼奥，能否给他慈悲？ |
| 葛莱西安诺 | 看上帝面，只给他上吊绳！ |
| 安东尼奥 | 若殿下和庭审人宽大为怀，取消替代半数财产的罚金，我会感到高兴，但条件是，另一半财产由我管理经营，他若去世，则移交其女婿，该绅士与他女儿最近私奔。但要受此恩，须满足两点：一、他得立刻信仰基督神；二、他得当庭立下一文契，声明，他死后的全部财产，由女婿罗兰佐和女儿继承。 |
| 公爵 | 本官责令他履行这些新规，否则我就撤销刚才的赦令。 |
| 鲍西娅 | 犹太人有何意见？满意否？ |
| 夏洛克 | 我……满意。 |
| 鲍西娅 | 秘书，起草产业授赠契文。 |
| 夏洛克 | 恳请诸位允许我现在退庭，我身感不适。文契写好后，送到我家，我……签名。 |
| 公爵 | 人可以走，但法要执行。 |
| 葛莱西安诺 | 你受洗时，可有两名教父。 |

|  |  |  |
|---|---|---|
|  | 若我是法官，给你加十名， |  |
|  | 不领你受洗，送你服绞刑。 | 夏洛克下 |
| 公爵 | （对鲍西娅）先生，恭请您到敝舍用餐。 |  |
| 鲍西娅 | 公爵见谅，恕我有负盛情， |  |
|  | 今日须连夜赶回帕多瓦去， |  |
|  | 现在便要动身。 |  |
| 公爵 | 先生无暇小驻，失敬失敬。 |  |
|  | 安东尼奥，谢谢这位恩人， |  |
|  | 你这回可全仗他博智施恩。 | 公爵率扈从下 |
| 巴萨尼奥 | 最可敬的先生，我与密友 |  |
|  | 今日仰赖您的智慧，有幸 |  |
|  | 逢凶化吉，现有金币三千， |  |
|  | 本预备归还原债主犹太人， |  |
|  | 今奉上聊以酬答博士苦辛。（拿出钱） |  |
| 安东尼奥 | 先生大恩大德，义薄云天。 |  |
|  | 在下愿供驱使，终生感铭。 |  |
| 鲍西娅 | 能救二位厄，我等已欢欣， |  |
|  | 能为欢欣事，远胜酬重金。 |  |
|  | 此番努力有成，深感荣幸， |  |
|  | 实不敢别图酬报一厘一分。 |  |
|  | 愿咱他日邂逅云雨还如旧，[1] |  |
|  | 祝君安好。就此别过登程。（欲走） |  |
| 巴萨尼奥 | 好先生，我有一不情之请， |  |

---

[1] 愿咱他日邂逅云雨还如旧：原文为 I pray you know me when we meet again，直译应为：愿咱们他日相见尚能相认。其中的 know 一语双关，暗指性交。故此处译作"云雨"，仿原文略具性暗示。上文的"欢欣事"亦有双关义。——译者附注

第四幕 / 第一场

|        | 望您从我们身上随取一物， |
|        | 作纪念而非酬谢，请恩准 |
|        | 二事：答应但恕冒昧之请。 |
| 鲍西娅 | 你逼压太紧，我只好逢迎。[1] |
|        | （对安东尼奥）给我手套，我戴套只为君； |
|        | （对巴萨尼奥）给我指环，我套紧您深情[2]。 |
|        | 不要缩手，我不会再多求； |
|        | 您既有情，此件岂会不赠。 |
| 巴萨尼奥 | 好先生，这指环不值几文。 |
|        | 我不好意思把它当作礼品。 |
| 鲍西娅 | 我什么都不要，只要指环； |
|        | 现在想来，还非它不可。 |
| 巴萨尼奥 | 这玩意儿价贱但别有隐情， |
|        | 我要送您威尼斯最贵戒指， |
|        | 告示天下，为您苦苦征寻， |
|        | 但这个，请恕我敝帚自珍。 |
| 鲍西娅 | 您原来擅长口惠而实不至； |
|        | 先教我如何伸手乞讨于人， |
|        | 后教我懂如何向乞丐答问。 |
| 巴萨尼奥 | 先生，这指环乃爱妻所赠； |
|        | 她让我套上时曾叫我发誓 |
|        | 不把它出卖、遗失或送人。 |
| 鲍西娅 | 许多人擅长托词免得送礼。 |

---

1 你逼压太紧，我只好逢迎：原文为 You press me far, and therefore I will yield，有性暗示含义。"逼压"（press）一语双关，暗指享受性快乐。"逢迎"（yield）也是双关，暗指在性方面屈从。
2 深情：暗指婚恋之情。

|   | 假如足下娘子有正常神经， |   |
|---|---|---|
|   | 必知我于此指环受之无愧， |   |
|   | 岂能因您送掉而积怨深深， |   |
|   | 夫妻反目。但愿你们安宁！ | 鲍西娅与尼莉莎下 |
| **安东尼奥** | 送他指环吧，巴萨尼奥君， |   |
|   | 顾全他的功勋和我的交情， |   |
|   | 便违了夫人令，有何要紧。 |   |
| **巴萨尼奥** | 葛莱西安诺，快追上他们， |   |
|   | 给博士指环，假如有可能， |   |
|   | 领他到安东尼奥家门。快！ | 葛莱西安诺下 |
|   | 好，我们这就到府上暂停， |   |
|   | 明日一早再往贝尔蒙特奔。 |   |
|   | 走吧，安东尼奥。 | 同下 |

## 第二场　／　第十九景

鲍西娅与尼莉莎上（依然女扮男装）

| **鲍西娅** | 打听到犹太人住址就让他 |
|---|---|
|   | 在文契上签字。（递给她文契）今夜出发， |
|   | 我们就比你我丈夫早归家。 |
|   | 罗兰佐有这文件可高兴啦。 |

葛莱西安诺上

| **葛莱西安诺** | 好先生，我终于追上您啦。 |
|---|---|

第四幕 / 第二场

　　　　　　　主人巴萨尼奥经思索考察，
　　　　　　　说这枚指环您一定要收下，
　　　　　　　还请您赏光陪他吃饭喝茶。(递给她指环)
**鲍西娅**　　吃饭喝茶，没法陪他，
　　　　　　　指环我收，谢意烦请转达。
　　　　　　　唔，你为这小兄弟带带路，
　　　　　　　直带他到夏洛克老头儿家。
**葛莱西安诺**　这个包在我身上。
**尼莉莎**　　先生，还请借一步说说话。
　　　　　　　(旁白。对鲍西娅)
　　　　　　　我想将老公指环设法取下。
　　　　　　　他曾对我发誓永戴在指丫。
**鲍西娅**　　(旁白。对尼莉莎)
　　　　　　　我敢担保，绝对取得下。
　　　　　　　他们会发誓说冤屈满天涯，
　　　　　　　说什么指环送给了男人家；
　　　　　　　咱对他们要羞要骂要泼辣。
　　　　　　　(大声)快去，我就在那里等你啦。
**尼莉莎**　　来，先生，怎样去这人家？　　　　　　　同下

# 第 五 幕

## 第一场　/　第二十景

贝尔蒙特

罗兰佐与杰西卡上

**罗兰佐**　　皎月临空，夜色如洗朦胧！
　　　　　　树惹甘风，轻吻丫枝吹送。
　　　　　　趁万籁俱寂，特洛伊罗斯[1]
　　　　　　登上特洛伊堞，希腊帐篷
　　　　　　一眼收，然克瑞西达何在？
　　　　　　悲起心中，吐叹如虹。

**杰西卡**　　同是明月清空，
　　　　　　提斯柏[2]踏露行欲与情人逢，
　　　　　　恰见狮影憧憧，胆寒心恐，
　　　　　　仓皇去，去也匆匆。

**罗兰佐**　　同是明月清空，
　　　　　　狄多女王，飘摇杨柳手中，[3]
　　　　　　对海阔波涌，要招回旧人，

---

1　特洛伊罗斯：特洛伊城王子，爱上希腊少女克瑞西达，但特洛伊战争致二人分开，后特洛伊罗斯遭克瑞西达背弃。
2　提斯柏：古巴比伦少女。她去与情人皮剌摩斯（Pyramus）幽会时，路遇狮子，惊恐之中，丢失披风仓皇逃走。皮剌摩斯发现路上披风，误以为她已遇害，因而自杀身亡。提斯柏得知后自杀殉情。
3　狄多：古迦太基（Carthage）女王。她爱上了埃涅阿斯，后被遗弃。杨柳：象征失恋之悲。

　　　　　　迦太基城续旧梦。
杰西卡　　同是明月清空,
　　　　　　美狄亚[1]采仙草,衰老埃宋,
　　　　　　竟借灵威复还童。
罗兰佐　　同是明月清空,
　　　　　　杰西卡逃离了老爸犹太翁,
　　　　　　跟一个败家子似的风流种,
　　　　　　从威尼斯直奔到贝尔蒙特。
杰西卡　　同是明月清空,
　　　　　　罗兰佐私下与我海誓山盟,
　　　　　　蜜语瀑飞,甜得我灵魂痛,
　　　　　　可惜句句假大空。
罗兰佐　　同是明月清空,
　　　　　　杰西卡小泼妇谤我实难容,
　　　　　　唉,饶她吧,任她凶。
杰西卡　　搬夜月典故,你非我对手。
　　　　　　只可惜有人来,脚步匆匆。

信差斯丹法诺上

罗兰佐　　夜深人静,谁还这么飞奔?
斯丹法诺　一个朋友。
罗兰佐　　朋友!啥朋友?请教大名?
斯丹法诺　我叫斯丹法诺,特来报信,
　　　　　　我家的女主人不等到天明
　　　　　　就要抵达贝尔蒙特;路上

---

[1] 美狄亚:伊阿宋的恋人,曾帮助伊阿宋获取金羊毛,并帮助他的父亲埃宋(Aeson)恢复健康,返老还童。

|  |  |
|---|---|
|  | 有圣十字架,她便会小停, |
|  | 长跪祷告,祈求美满婚姻。 |
| 罗兰佐 | 同来者何人? |
| 斯丹法诺 | 一个修道隐士和她的侍女。 |
|  | 请问男主人是否回归家门? |
| 罗兰佐 | 没有,也未听到他的音讯。 |
|  | 杰西卡,我们还是进去吧; |
|  | 让我们按惯有的礼节常情, |
|  | 准备对女主人表示欢迎。 |

小丑朗斯洛特上

| | |
|---|---|
| 朗斯洛特 | 索拉!索拉!哦哈,呵![1] |
| 罗兰佐 | 谁在那儿嚷? |
| 朗斯洛特 | 索拉!你见了罗兰佐大人? |
|  | 罗兰佐大人!索拉!索拉! |
| 罗兰佐 | 吵什么,汉子!他在这儿。 |
| 朗斯洛特 | 索拉!哪儿?哪儿? |
| 罗兰佐 | 这儿。 |
| 朗斯洛特 | 告诉他我家主人派了一个报信人,带了老多老多的好消息来了;主人天不亮就要到家啦。　　下 |
| 罗兰佐 | 亲亲,我们进去等他们。 |
|  | 不,不用进去。进去作甚? |
|  | 斯丹法诺老友,你去通知 |
|  | 全家人,说太太快回家门, |
|  | 叫他们乐队伺候好好欢迎。　　斯丹法诺下 |
|  | 明月清辉,洒遍花岸如银! |

---

[1] "索拉",模仿音乐音阶。"哦哈"和"呵"是训鹰者对鹰的呼语。

待我们款坐听琴韵，声声，
灌得人耳醉。柔和、静寂，
夜色迷蒙，恰似和弦美音。
坐下来，杰西卡。
（二人坐下）看浩瀚
空溟，嵌满几多灿灿金灯；
你所见天体，即使最精微，
也似袅袅天使，吟唱周行，
应和着合唱群体明眸天婴。
不朽的灵魂，也有这音乐，
可一旦凡胎肉体将它围困，
这仙音神曲，便再也难闻。

**众乐工上**

来啊！以颂歌唤醒狄安娜
女神！更以最美旋律击中
女主人耳，让她闻声而回。

**杰西卡** 但我闻美乐，反觉惆怅生。（音乐起）
**罗兰佐** 只因你太专注，触动灵魂。
你看看那野性狂荡的畜生，
或是那桀骜不驯的小马群，
四散地奔走，高声地嘶鸣，
率性无羁竞逞着方刚血气，
可一旦偶然听到喇叭之声，
或耳闻到任何优雅的歌吟，
便会不约而同地一齐立定，
狂野的目光忽凝注为温驯，
此乃音乐之神力。诗人说，

>    俄耳甫斯能动木石平惊涛，
>    就靠音乐。无论何等愚狂
>    坚硬者，音乐可立改其性。
>    凡灵魂里缺乏音乐，或是
>    听闻美曲却无动于衷之人，
>    必属于叛国奸诈掳掠之辈，
>    起念动心，必如黑夜昏沉，
>    其感情，必如地狱[1]般幽深。
>    这种人不可信。有音乐，听！

鲍西娅与尼莉莎上

**鲍西娅** 遥见明辉闪耀在我家厅堂。
小小蜡烛竟抛出远远烛光！
小小善行必光透浊世汪洋。
**尼莉莎** 月洒清光时，不见灯光亮。
**鲍西娅** 大荣耀往往掩盖了小荣光。
摄政者威权也可威比君王，
一旦侧身君旁，赫赫权威，
灰飞烟灭，恰如沧海浩茫
吞灭溪涧一样。音乐！听！（音乐起）
**尼莉莎** 这音乐来自小姐家中房。
**鲍西娅** 没陪衬，显不出好现象；
夜晚乐音比白日乐音要强。
**尼莉莎** 小姐，因为夜比昼更安静。
**鲍西娅** 如果没有陪衬，没人欣赏，
乌鸦的歌声也和云雀一样。

---

[1] 地狱：原文为 Erebus，指地面和地下世界之间的黑暗地带。权译"地狱"。——译者附注

若夜莺在白日
与呆鹅共歌，
谁会说它比鹪鹩更会歌唱？
多少事因时势境遇而达到
尽善尽美，博得众声赞扬！
嘘，安静！看皓月拥情郎[1]，
似欲长睡在梦乡。（音乐止）

罗兰佐　　要是我猜得对，
　　　　　嗓音和鲍西娅的嗓音相像。

鲍西娅　　瞎子能辨出杜鹃声，全仗
　　　　　听破嗓，和我的一样。

罗兰佐　　好夫人，欢迎归家！

鲍西娅　　我们在外为丈夫祈祷福祉，
　　　　　望他们能因祈祷顺利安康。
　　　　　他们回来了吗？

罗兰佐　　夫人，还没有。
　　　　　不过刚才信差来过一趟，
　　　　　说他们归家在望。

鲍西娅　　进去，尼莉莎，告诉仆人，
　　　　　要装作不知我们出过门墙；
　　　　　罗兰佐、杰西卡，你二人
　　　　　在保密方面也一样。（号声起）

罗兰佐　　您夫君已到，喇叭已吹响。
　　　　　我们不多嘴，您请把心放。

---

[1] 情郎：原文为 Endymion，译名为"恩底弥翁"，此处意译。恩底弥翁，青年牧人，月亮女神塞勒涅（Selene）爱上了他，赐他常睡不醒，以便和他幽会。

| | |
|---|---|
| **鲍西娅** | 如此夜色恍若是昏昏昼光,<br>不过略显得昏黄,当太阳<br>隐没时,白昼就是这样。 |

巴萨尼奥、安东尼奥、葛莱西安诺率随从上

| | |
|---|---|
| **巴萨尼奥** | 您[1]若走在没有太阳的路上,<br>我们仍有地球那面的阳光。 |
| **鲍西娅** | 让我发光,但勿轻浮如光;<br>妻子轻浮,丈夫沉重难当。<br>绝不让巴萨尼奥如此沉重,<br>上帝做主!迎夫君回新房! |
| **巴萨尼奥** | 谢谢夫人。这是我的老友;<br>安东尼奥,对我恩德无疆,<br>请热情欢迎,款待周详。 |
| **鲍西娅** | 他的确曾经让您受惠无疆,<br>据说您也曾使他受累无量。 |
| **安东尼奥** | 都过去了,现已安然无恙。 |
| **鲍西娅** | 先生,衷心欢迎大驾光临;<br>但口惠不如实惠更有分量,<br>故我省去繁文缛节虚文章。 |
| **葛莱西安诺** | (对尼莉莎)凭天边月我起誓我真冤枉,<br>我真把它给了法官书记郎。<br>亲亲,你看得此物重如山,<br>我愿那得物之人割了棒棒。 |
| **鲍西娅** | 哟!吵架了?怎么回事? |
| **葛莱西安诺** | 就一个小金圈儿,小指环, |

---

[1] 这里的"您"指鲍西娅,巴萨尼奥把她比作太阳。

|          |                          |
|----------|--------------------------|
|          | 不值钱，上刻有诗文一行， |
|          | 就跟刀匠刻在刀上的一样， |
|          | 是什么"爱我永伴我身旁"。 |
| 尼莉莎   | 别扯啥值不值钱、诗不诗行！ |
|          | 我给你时，你拍着胸膛讲， |
|          | 说要戴着它直到地老天荒， |
|          | 到死时也必与它伴随墓葬； |
|          | 你不为我也该为你，小心 |
|          | 这毒誓，好好儿把它珍藏。 |
|          | 说是送给法官的秘书！呸！ |
|          | 必是个嘴上无毛的粉脸膛。 |
| 葛莱西安诺 | 他年纪大了嘴上自然长毛。 |
| 尼莉莎   | 呸！婆娘还能变成男子相？ |
| 葛莱西安诺 | 我发誓我是送给了少年郎。 |
|          | 他身材较短，一幅孩子样； |
|          | 与你齐肩高，这法官助手， |
|          | 唠叨着硬要那指环做补偿， |
|          | 我心知不给他这脸无处放。 |
| 鲍西娅   | 你太荒唐，恕我直截了当， |
|          | 爱妻信物，你岂可不珍藏？ |
|          | 你既已发誓套它在手指上， |
|          | 它便与肉体嵌连牢如锁缰。 |
|          | 我也曾送指环当爱情保障， |
|          | 他发誓万无一失。他在此， |
|          | 我担保他的指环安然无恙， |
|          | 便有人尽天下富换那奇珍 |
|          | 也痴心妄想。葛莱西安诺， |

|  |  |
|---|---|
|  | 真的，你伤透你妻子心房； |
|  | 倘然是我，早就怒火满腔。 |
| 巴萨尼奥 | （旁白）天哪，我恨不得砍掉左手， |
|  | 说是遇盗时护环而遭祸殃。 |
| 葛莱西安诺 | 法官也要走巴萨尼奥老爷的 |
|  | 指环，拼死非要这名堂， |
|  | 他说是理所应当。那孩子， |
|  | 那法官的秘书，起草文档， |
|  | 也讨走我的指环。这主仆 |
|  | 两人就死揪着指环不放。 |
| 鲍西娅 | 爷啊，什么指环送人了？ |
|  | 我给您的在不在手上？ |
| 巴萨尼奥 | 犯了错，更不该接着撒谎， |
|  | 那似雪上加霜。瞧我手上 |
|  | 真没了指环；它，已消亡。 |
| 鲍西娅 | 真情住不下您虚假的胸膛， |
|  | 我发誓，一日不见指环面， |
|  | 一日不和您同床。 |
| 尼莉莎 | 我也一样，无环休想同床。 |
| 巴萨尼奥 | 鲍西娅，小亲亲， |
|  | 您若知晓指环落在谁手上， |
|  | 您若知晓为谁我才舍宝藏， |
|  | 您若知晓为何我才装大方， |
|  | 您若知晓失环伤透我心肠， |
|  | 您若知他宁要指环弃万金， |
|  | 妻啊，您冲天怒焰自收场。 |
| 鲍西娅 | 若您知道这指环威德无量， |

第五幕 / 第一场

若您知道赠环者价值无双，
若您知道受环者享誉无穷，
您岂会随心所欲抛弃他方。
您若是诚心诚意试图抵抗，
语气昂扬，执意不肯相让，
又岂会有人一点道理不讲，
硬要将人家信物夺走收藏？
尼莉莎教会我什么才该信：
那女人没得环我赌自悬梁。

**巴萨尼奥** 不，我以名誉和灵魂起誓，
收环者是男博士而非女郎，
他拒不接受三千金币却偏
要那指环，没有如愿以偿，
他就很不高兴地离我而去——
正是他让我好友躲过死亡。
贤妻啊，怎么办才是良方？
只好叫人追，追着给戒指。
为顾全礼貌我真羞愧难当，
我总不能让我的名誉沾上
忘恩负义的污点。请原谅，
夫人啊！凭天上星灯起誓，
若您那个时候恰巧也在场，
您必定会求我送环与对方。

**鲍西娅** 让那博士再也别近我厅堂。
您发过誓永保我这大宝藏，
而您却大方地送进他手掌，
那么我也会学您一样大方；

|  | 我会把所有一切向他开放， |
|  | 不论是身体还是丈夫的床。 |
|  | 总有一天，我会和他相识， |
|  | 您最好一夜别离家，要像 |
|  | 百眼怪物守着我；我若是 |
|  | 独守新房，必丢失了贞操， |
|  | 少不得要跟博士龙凤一场。 |
| 尼莉莎 | 我也要跟他助手同睡一床； |
|  | 你可留心少与我天各一方。 |
| 葛莱西安诺 | 好，随便，别让我碰到他， |
|  | 我逮住就撅断他的笔棒棒[1]。 |
| 安东尼奥 | 不幸因为我引得你们吵嚷。 |
| 鲍西娅 | 先生，勿恼，欢迎您来访。 |
| 巴萨尼奥 | 鲍西娅，我冤枉，请原谅， |
|  | 当着诸多朋友之面，我向 |
|  | 您发誓，凭您美丽的一双 |
|  | 慧眼，我看见自己的影像—— |
| 鲍西娅 | 听听，他说什么！ |
|  | 我左眼右眼里都有他的像； |
|  | 您用您的双重人格发誓言， |
|  | 这誓言还能有保障？ |
| 巴萨尼奥 | 不，听我说。凭灵魂起誓， |
|  | 此次您尤，还祈求您鉴谅， |
|  | 从今后违誓事不会再开张。 |

---

[1] 笔棒棒：原文 pen 一语双关。该助手曾用笔替博士起草文件，故曰"笔棒棒"，但同时是性暗示用语。——译者附注

| | |
|---|---|
| 安东尼奥 | （对巴萨尼奥）我曾为您之福抵押我肉体，——<br>（对鲍西娅）若非索环人我已一命身亡。<br>我现在敢再签下一纸保状，<br>以灵魂作为抵押，担保您<br>夫从今后一诺万金不更张。 |
| 鲍西娅 | 那就请您做保，给他这个，<br>叫他保得比哪个都更周详。<br>（她递指环给安东尼奥） |
| 安东尼奥 | 巴萨尼奥，发誓长保此环。 |
| 巴萨尼奥 | 天！这和我给博士的一样！ |
| 鲍西娅 | 博士给了我。夫君，原谅，<br>凭此环，博士已与我同房。 |
| 尼莉莎 | 我的好葛莱西安诺，原谅。<br>（亮出指环）<br>那博士的矮个儿男孩助手，<br>以环交易，昨晚与我同床。 |
| 葛莱西安诺 | 唉，就像是本来完好的路<br>夏天时又被重新翻修补浆。<br>没做老公先做王八，冤枉！ |
| 鲍西娅 | 别说粗话。看你们好惊惶。<br>这儿有信件，有空慢欣赏。<br>（递过一信）<br>信是贝拉里奥寄自帕多瓦，<br>信中博士就是鲍西娅扮装，<br>她的助手便是尼莉莎姑娘。<br>罗兰佐可证你们我们出发<br>同时，归期相近，咱双方 |

都尚未进大门。欢迎欢迎，
安东尼奥，您会大喜过望，
（递给他信）
若听到我带的消息，拆信，
您就知您有三艘商船行将
到港，满载而归。您想象
不出这封信怎会那么凑巧
刚好落到我手上。

**安东尼奥**　　我舌头都僵了。
**巴萨尼奥**　　您就是博士，我看着不像？
**葛莱西安诺**　助手由你作，王八由我当？
**尼莉莎**　　　嗨，助手可没那种坏思想，
除非她以后女变郎。
**巴萨尼奥**　　好博士，从今与我睡同床。
我不在，放胆与我妻同房。
**安东尼奥**　　好夫人，我能活命能安康，
都是您所赐。这信中所述
很周详：我的船平安到港。
**鲍西娅**　　　喂，罗兰佐！我的大助手
也有一个好消息要给你讲。
**尼莉莎**　　　对，我可以免费给他信。
看着，这是产业文契一张，
犹太人已签字，死后遗产，
您和杰西卡，可全权接管。
**罗兰佐**　　　两位佳人，你们真像天使，

|||在饥饿者路上撒下食粮[1]。
鲍西娅|天已快亮，
|可我知你们还想多多了解
|事情真相。我们里面再讲，
|你们若还有疑惑尽管再问，
|我们把一切问题解答周详。
葛莱西安诺|好，我的尼莉莎必须宣誓
|要将第一个问题回答精当：
|一个时辰后，天光满屋梁，
|趁困立入榻？待夜入洞房？
|最喜天色暗，偏愁白日长；
|博士助理俊，我欲夺其芳。
|万事无所惧，唯惧美环亡。
|环在妻必在，伴我百年康。 众人下

---

1 食粮：原文是 manna，原意为"天粮"，语出《出埃及记》。